ة

س

يم

د. هشام السحار

قيودٌ وأجنحةٌ

M. Younis

Published by ADEL ABDELHAMID, 2023.

قيودٌ وأجنحةٌ

First edition. August 11, 2023.

Copyright © 2023 M. Younis.

ISBN: 979-8223973294

Written by M. Younis.

إهداء
إليها.. إلى فاطمة

مصطفى يونس

شكر خاص

أتقدم بجزيل الشكر للأستاذ والصديق

محمد سامي حمودة على مساعدته المثمرة
ومجهوده في إعداد هذا الكتاب

مصطفى يونس

مقدمة

كان لي شرف الاطلاع على أول أعمال القاص النابه مصطفى يونس قبل نشرها وقبل حصولها على جائزة مسابقة مركز عماد قطري للإبداع، وتوقفت طويلا أمامها.. كاتبصاحب لغة شعرية خاصة يغوص بي في عوالم متعددة تحمل روائح من صوفية اللفظ وإن تعدت برمزيتها الجلية الى واقع نعيشه ونحياه كل يوم.. وتوقعت وقتها أننا أمام مبدع قادم بقوة يضيف سطرا جميلا في كتاب الابداع العربي ..ولم يخب ظني، فها هو يعود إلينا بنصه الجديد " ما تيسر مما رأيت " فأجده لا يزال محافظا على روحه الشاعرة واسلوبه الفريد ويخوض بنا في عوالم سحرية نتمنى ألا نغادرها ... عمل شديد الاتقان يستحق وصاحبه المتابعة ..ويدفعنا الى الرجاء من صاحبه أن يستمر فى رحلة الابداع الجميل وكلى ثقة فى أن مكانه فى الصفوف الأولى من مبدعي العربية ينتظره ويحتاج منه لبذل الجهد والإخلاص لقلمه ..وان شاء الله سيكون دائما هناك.

د. هشام السحار

1

قيود وأجنحة..

1

فاض بي الشوق..

لبيت النداء مهرولاً إلى ما خلف أسوار مدينتنا القديمة، كلي رجاء أنه لم يزل في خلوته في الكهف.

طوال مسيرتي وأنا أعنف نفسي وألومها.. نسيت؟!..

والله ما نسيته أبداً، لكن هموم البيوت كثيرة، ويوم الدنيا قصير أو هكذا فعلت به المشاغل والهموم.

اليوم استيقظت، ونوال شرف الزيارة المباركة يلح على عقلي. أديت صلاة الفجر، وخرجت بعد الصلاة مباشرة. لم أوقظ زوجتي ولا أولادي، ولم أخبر أحداً منهم بشيء.

لم أركب السيارة..

لا يصح أن ألبي نداء الشوق إلا ماشياً على قدمي، ولو أنصفتُ للبيت حبوا. الطريق من البيت إلى الصحراء خلف أسوار المدينة طويل، لكن ما من ألم أشعر به.

شيخي الجليل! كيف أهملت اتصال الود طوال هذه الفترة؟

في الليلة السابقة لاح لي طيفه في المنام وهو يبتسم

ـ أنستك السنون ذكرنا، لكننا أبدا ما نسيناك!

نفس الوجه البشوش، نفس الصوت الرخيم. في البداية لم تسعفني الذاكرة؛ فلم أعرفه...

ذهبت إلى العمل والحلم يحتل كل تفكيري. هذه الملامح التي لم تفارق ذهني طوال اليوم محفورة في ركن ركين من الذاكرة والروح..

2

صحبني إلى اللقاء الأول أحد الأحبة. كان معجبا به، ويكن له الكثير من الحب والاحترام.

خلال الطريق الطويل كان يروي أشياء عجيبة حول الرجل..

يقال بأنه كان ذا رتبة كبيرة في الجيش، ومن عائلة غاية في الغنى والثراء، ـ ويقال أيضا أنه لم يظفر من زينة الدنيا بزوج ولا ولد. فقط ذات يوم استيقظ ليهجر كل هذا إلى الصحراء حيث خلوته في كهفه العجيب.

قال أشياء أخرى عن معجزات وكرامات لا أذكر منها شيئا. ربما بعضها كان يحوي شيئاً من الحقيقة، وربما كان قد ابتكر بعضها ليشوقني، ويلهب حماستي للقاء المرتقب الذي لزمت الأعتاب المباركة بعده سنيناً طوالاً كانت أحلى ما مر بي في العمر.

3

خطوط العرق في ظهري تضايقني بعض الشيء. الشوارع تعبر أمام عينيَّ مليئة بالمحلات واللافتات والمارة الذين أخذوا يتكاثرون في الطرقات رويداً رويداً والسيارات التي تعوي لكسر الزحام الصباحي، لكن عينيَّ لا تريان شيئاً سوى وجهتي المباركة..

"!تراه غاضب مني لانقطاعي عنه طوال تلك الفترة ؟"

!مستحيل

!من أين يأتي الغضب لسماحة ملامحه الملائكية؟

سنيناً كنتُ في معيته، لم أره يغضب أو يحزن أو يتململ من أحد ولا من شيء....

من هو مثله لا يأتيه الغضب من بين يديه ولا من خلفه..

!إنهم أهل الله، كيف يهمهم فعل الخلق؟

..وجهه لا يحمل شيئا للعالم أكثر من التراوح بين البسمة والبكاء

!يبكي؟

نعم يبكي. يبكي كثيراً حين يفيض به الوجد في حضرة المحبوب، أما ابتسامته فكانت من نصيب كل من في حضرته.

4

"و آيا عاشق جز گريه هاى ناميد راهى براى درمان حسرت دارد؟"

"و هل للعاشق حيلة في شوقه إلا الدموع العاجزة؟"

يتمايل الجسد الشيخ على نغم غير مسموع كلما استبد به حال الشوق، فينشد الشعر في حال الوجد بالفارسية، ولم لا وهي لغة العاشقين الأوائل..

في البداية لم نكن ندرك شيئاً من طلاسم القول الغريب على آذاننا، غير أن أحدنا - وكان تلميذاً ومريداً نجيباً - باح لنا بسر الحروف، وعلمنا تأويل المعاني الكامنة وراءها.

5

من فقط برای یک لحظه از رضایت خواسته
رفع تشنگی سالهای گذشته،
تنها چیزی که می ترسم بازگشت از سفرم است
دست من رایگان از این رضایت

"..ما كنت أطمع منه سوى في لحظة رضا
تروي عطش السنين الماضية
و كل خوفي أن أعود من رحلة العمر
و يدي من ذاك الرضا خاوية"

6

اشتاقت نفسي لترنيمات الصوت الرخيم العبقة بالبخور والمسك. اشتقت لتراقص أضواء القناديل على جدران الكهف المبارك..

كيف غابت عني ساعات السكينة التي كنت أقضيها في صحبته؟ وكيف طمس أنغامها صخب العمل والأسرة والهموم؟!!

كل ذرة في كياني تنتفض، تصرخ، حتى الدمع الساخن في عيني..

"إقادم أنا يا سيدي إلى حضرتك"

تعبت..

تعبت من كل شيء..

تعبت من السيارة والزوجة والعمل..

تعبت من الأبناء والأقساط..

تعبت من صخب الشوارع والهواتف والرواتب والجرائد..

كل شيء. كل شيء..

7

"قادم أنا يا سيدي إلى حضرتك!"

خطاي تلتهم الطريق، ودمع الشوق يفيض على خدي، والمارة ينظرون إليَّ، وعيونهم ملؤها أشياء بين الاستفهام والشفقة. كلما اقتربت من أحدهم ترامى إلى أذنه صوت النشيج المكتوم. وسط النشيج تهمس شفتي بلا شعور..

- أنا قادم يا سيدي. أنا قادم.

من يمكن أن يقبل بأن ألقي في حجر جلبابه كل هذه الهموم والصخب؟!

من يمكن أن يداوي كل جراح الدهر بابتسامةٍ أو بربتةٍ عطوفة؟!

الأب الكبير القوي انهار جسده، وتهاوت روحه تحت حمله الثقيل..

الأب الكبير الذي خط الشيب مفرقيه يحتاج لأب..

أنفاسي تضيق كأنما أتنفس من لهب وجمر، وظهري يغتسل بالعرق البارد، ودقات القلب تتعالى حتى صارت في أذني تغطي على كل صوت. الجسد الهرم يتشكى من الجهد الغير مألوف..

لكن شيئاً واحداً يحتل الوعي..

صوت الشيخ المنشد بترانيم السكينة..

8

تمام جاده هاى منتهى به ديگران جاده هايى براى مرگ هستند

به جز راه خود را, اين راه ابديت است

كل الدروب إلى سواك فناء

إلا طريقك فهو درب الخلود

9

"قادم أنا يا سيدي إلى حضرتك!"

أنهكني السير؛ فارتكنت إلى جذع أول شجرة في طريقي..

(للكبر أمارات لا تنكر مهما كابرنا وادعينا)..

ساعتها لاحت لي صورة "ألفت":

ستستيقظ ولن تجدني؛ سيعتريها القلق؛ وستوقظ الأولاد

سيارتي موجودة. سيتصلون بالعمل. سيعرفون أنني لم أذهب لمكتبي هذا الصباح؟..

كيف سيفكرون؟

..سيوجه كل منهم اللوم إلى نفسه

10

"قادم أنا يا سيدي إلى حضرتك!"

أميمة ستنهار. ستظن أنني قد فعلت بنفسي شيئا بعد أن فشلت بإجبار هذا الولد الذي سلمته نفسها وشرفي معها أن يصلح غلطته الشنيعة، وينقذ اسمي من العار.

ألومها؟!

أنا لا ألومها.

من ذا الذي يستطيع لوم القلوب الشابة إذا يوماً نبضت بالحب؟ حتى لو كان لمن لا يستحق. أجل، إن ما حدث خطيئة، ولكن علمي بأن ابنتي فتاة طاهرة. نعم، ابنتي ليست .....

ابنتي فقط أحبت الشخص الخطأ، وارتكبت خطية مهما كانت كبيرة فعلمي وعلمها أن الله غفور رحيم، وأن كل خطية تمحوها التوبة مهما كان عظمها مادام القلب عامر بالطهر والنية لترك الفعل الآثم معقودة..

هكذا تعلمت من شيخي..

- مغفرة الله أكبر من كل الذنوب والمحبة تاج القلوب، ودمعة التائب في حضرة المحبوب تغسل آثاما كزبد البحر.

لكن أميمة تعرف أيضا بأن الناس ليسوا رحماء كخالقهم، وأنها وجهت لي طعنة في سمعتي بينهم.. طعنة قاتلة.

ابنتي طيبة وطاهرة، وإلا كيف استطاع النذل - ابن الشياطين- الإيقاع بها في حبائله؟

طيبتها تلك هي التي جعلتني أسمع نشيجها يشق صمت الليل في غرفتها. مهما تكلمت وقلت أنني غفرت لها ذلتها، هي لا تغفر لنفسها جرح كرامتي في مجتمعٍ لا يتعدى مفهوم الشرف فيه غشاء البكارة وبقعة دم على محرمة.

ستظن أن كلامي بالأمس معها حول غشاء البكارة الصيني هو مجرد كلام ..أهون به عليها وعلى نفسي الانكسار التي هشم روح كلينا

كلنا يخطئ يوماً ما يا ابنتي، والخطأ لازم في بعض الأحيان لكي نتعلم. ربما - كان لابد لهذه الأزمة أن تمر بك كي يولد ذلك الإنسان الذي يجب أن تكونينه في حياتك.

تراني كنت صادقا ؟

!وهل كانت تلك مشاعري حقا؟

!إذن، ماذا كان معنى تلك الدموع التي فاضت من مقلتي؟

"قادم أنا يا سيدي إلى حضرتك!"

حسن" أيضا ربما سيلقي باللوم على نفسه..

أعرف أنه يسهر الليالي. منذ تخرج انطفأت في عينيه تلك اللمعة. انطفأ المرح في نبرته.

هو ابني، وأنا أعرفه!

شيء ما انكسر فيه منذ أن تخرج، وبات محسوباً على قوائم العاطلين.

مع مرور السنوات لم تعد تجدي كلمات مثل.. حال البلد، وأزمة الجيل.. لم يعد للحروف معنى، ولا لشرح ظروف البلد والعالم معنى أمام شبابه الذي صار أمام عينيه يذبل، ويضمر دون أن يتقدم خطوة في الطريق نحو أي حلم من هذه الأحلام التي تراود أي شاب في سنه.

كم حملت صور أوراقه، ودرت بها - دون أن يدري - في محاولة لإيجاد عملٍ له، هو أيضاً فعل ما هو أكثر دون أن يخبرني.

أعرف في تلك الأيام التي أعود فيها إلى البيت، فلا أجده. كان يقول لأمه أنه سيخرج مع أصدقاء له، لكنني أعرف جيداً أن نزهات من هم في سنه تكون غالبا في الليل. أرى أقرانه يملئون الشوارع على الكباري وفي المقاهي.

كلانا كان ينزف في صمت خلال نفس الوقت الذي كنا - ومازلنا - نتظاهر فيه بالرضا بالحال والمكتوب، ونمضغ فيه كلمات الصبر والمواساة المرة ، وكأنه من طبيعة الأشياء أن يصير شاب في مثل سنه وتعليمه بلا عمل ولا دور، وأن تنسد أمامه سبل الحياة على هذا النحو.

"!طبيعة الأشياء. طبيعة الأشياء.. يا لها من كلمة"

ليت من طبيعة العروش أن تلتهم الكروش بدلاً من أن تنعمها وتنميها.

للحظةٍ تخيلت "ألفت" تبتسم. دائماً ما يكون هذا هو رد فعلها وهي تسمع كلماتي التي أهمهم بها خلال ساعات شرودي.

12

"قادم أنا يا سيدي إلى حضرتك!"

.."ألفت"

!تراها تلوم نفسها هي أيضاً .هي تحسب أنها السبب في اختفائي هذا الصباح؟

!يا الله

آه، سيرتفع السكر في دمها. سيجن جنونها وستصاب بالرعب.

لم تعتد أبدا أن أغيب عن البيت دون أن تعرف مكاني. دائماً في العمل أو في المقهى القريب من البيت. لا أذكر أنني فارقتها لمكانٍ آخر منذ زواجنا.

!تُراها ظنتني ضقتُ بشراء الأدوية وفواتير الأطباء التي لا تنتهي؟

..لليالٍ عدة كنت أسمع شهقاتها بجانبي وهي تبكي، وتدعو لي
(.."الله يعينك على ما بلاك يا "حامد)
!تُراها تلوم نفسها، وتحسب أنها السبب في اختفائي هذا الصباح حقاً ؟
!يا الله
!ماذا يمكن أن يحدث لها؟
!ماذا يمكن أن يحدث لهم جميعا؟
اقتحمتني أفكار مجنونة. اجتاح العطش حلقي، وارتعد جسدي تحت وطأة ..العرق الذي صار مثلجا فجأة

امتدت يدي بحركة لا إرادية تشير لأول "تاكسي" يمر..
طوال الطريق وقلبي يرتعد خوفاً ورعباً ممزوجاً بالصور المجنونة. فتحت الباب في نفس اللحظة التي خرجت فيها ألفت من حجرة النوم.. (لم يستيقظ أحد من الأولاد بعد على ما يبدو).. توقفت عن فرك عينيها وهي تشملني بنظرة استغراب ..متوترة. لا بد أن مظهري المزري أرعبها
!أين كنت؟ -

لم يبق أحدٌ للاحتفال

1

..العالم يتأرجح في عينيه

.جسده منهك، كأنما تراكم كل تعب السنين على كاهله في لحظة واحدة

كل شيء حوله يبدو بعيداً جداً وصامتاً، بالرغم من الضوضاء حوله، لا يملأ أذنيه سوى صوت دقات قلبه الذي صار عالياً كقرع الطبول. يحافظ على اتزانه بصعوبة شديدة.

..جملة واحدة يهذي بها عقله المتعب من السفر وقلة النوم، وتتمتم بها شفتاه

!آه يا "كلارا"!.. أين أنت يا "كلارا"؟!..أين أنت يا عزيزتي؟ -

بعيون زائغة وقدم مرتعشة نزل "ايفان جوبلز" سلم الطائرة. منظره المهيب لافت للأنظار بقامته الممشوقة برغم السن وزيه العسكري المتخم بكم لا بأس به من النياشين والنجوم اللامعة على صدره وكتفيه..

كلارا"! "كلارا"! أين أنتِ؟" -

2

برغم بلوغه الخامسة والثمانين، وما رسمه السن على ملامحه من تجاعيد ولون شعره الفضي الظاهر تحت الكاب العسكري، وتلك الطريقة المتأنية التي صارت تميز مشيته منذ أعوام مضت، غير أنه لم يزل بطريقة ما يملك جسدا مستقيماً جعل مظهره - إلى جانب زيه الغامق اللون والكاب المرتفع فوق جبهته- عسكرياً ومهيباً، لكن ما كان يعتمل في نفس السيد "جوبلز" خلال تلك اللحظة كان يتناقض كثيراً مع تلك الهيئة العسكرية المهيبة التي أجبرت أغلب من كانوا في المطار أن يصير محط أنظارهم، وربما إعجابهم الصامت أيضاً. بملامح تحمل الكثير من التعب والإرهاق كان يتمتم..

كلارا!.. كلهم.. كلهم يا كلارا! لم يبق أحد؟ -

استلم حقيبته من على السير المتحرك، وظل يجذبها خلفه حتى باب المطار.

كان يجر قدميه في صعوبة لا متناهية. كل جزء في الجسد العجوز كان يحتاج إلى الراحة بشكل ملح، كل شيء فيه كان يعاني من آثار رحلتي طائرة ذهاباً وإياباً دون راحة تذكر فيما بينهما. رحلتي طيران متتاليتين شيء لم يكن بالسهل على رجل في سنه يحمل بداخله هذا الكم من الأمراض.

أشار لإحدى سيارات الكاب "التاكسي"، ودون أي حوار، ألقى بداخلها جسده المنهك تاركاً سائقها الشاب ذا الملامح الهندية يحمل حقيبته إلى الصندوق الخلفي.

.ذهنه كان خاوياً تماماً، وشفتاه تتمتم بكلمات غير مفهومة

11

انطلقت السيارة تنهب الطرقات اللامعة تحت أضواء الأعمدة ولافتات المحلات والملاهي الصاخبة بالألوان والأضواء المتراقصة، مما سمح للهواء الرطب بأن يلمس بشرته لمسات حانية منعشة. كانت سماء "نيويورك" تمطر قبل هبوط الطائرة بما يزيد عن الساعة.

- إلى أين يا سيدي؟

سأله السائق، الذي لم يكن "جوبلز" قد رأى شكله حتى الآن، عن وجهته. التفت له بعينين زائغتين. كان ذهنه فارغاً من كل شيء حتى الكلمات، كأنما نسي اللغة. لثوانٍ ظل صامتاً مشدوهاً قبل أن يتمتم بحروف متحشرجة ونصف مبهمة..

- كلارا. اذهب بي إلى كلارا.

يبدو أن صوته كان منخفضاً إلى درجة أن السائق لم يسمع. عرف ذلك من وجهه الذي تحول إلى علامة استفهامٍ كبيرة؛ فرفع من نبرة صوته..

- المقابر يا بني.. اذهب بي إلى المقابر.

برغم كل علامات التعجب على وجه السائق، غير أنه لاذ بالصمت، وانطلق بالسيارة وسط زحام الشوارع اللامعة تحت الأضواء.

3

أغمض "جوبلز" عينيه. ذهنه تختلط عليه عشرات الصور، و تستدعي أذنه الأصوات..

الخندق.. الطائرات.. الملمس البارد للبنادق التومبسون.. رائحة زيت التنظيف.. آه.. ملمس الثلوج.. ليالي البرد الدافئة بنيران المدافع..

"كيلرمان" ملامحه ملطخة بالطين.. يرى وجهه في الظلام على ضوء القذائف البعيدة.. في الخندق يتمسك به و هو ينتحب..

- هتلر يريد أن يقتلنا..

السيرجنت "كوين" يشعل التبغ في غليونه، و ينفث دخانه في وجهه..

- أتى أمر تحرك لدعم صفوف الاستطلاع..

يصيح "مايكل فايرمان" و هو يضع عدة اللاسلكي على ظهره

- لا يمكننا التحرك في هذا الجو..

فيصيح فيه.

- نفذ الأمر.

4

"وبي" محموم منذ أيام. إنه يبكي، ويتمسك بياقة معطفه في ظلام الخيمة. يتذكر تلك اللحظة جيداً، صدره كان ثقيلاً، ورائحة الموت تملأ الخيمة، وتزكم أنفه. لاح له

للحظة أنه أن هناك ملاكاً ما يقف في مكان ما في الظلام ينتظر اللحظة المناسبة لاقتناص فريسته.

فقط هذا ما يفصل بينك وبينه يا صديقي. الانتظار..

أكاد أرى دموعك تسيل على خدك المحموم و المعاناة على وجهك المحتقن برغم الظلمة. أراهما في صوتك المتحشرج..

ـ كاثي ستبكي يا "جوبلز" حين تعلم بموتي. لا أريد لـ"كاثي" أن تحزن!

5

"ادوارد" يخرج من بين طيات ملابسه صورة طفله الباسم و هو يمتطي صهوة حصان خشبي. يتأمل الصورة بنظرة حنونة كأنما يحتضنها.

ـ هل رأيت هذا الطفل الجميل؟ إنه ابني توماس. سوف يبلغ الخامسة هذا العام.

6

"مايك" المدلل يلقي بوجبته في ضيق..

ـ البسكويت الجاف..البسكويت الجاف. البسكويت الجاف. اللعنة على "هتلر". اللعنة على "تشرشل". ترومان " اللعين أيضا لا يبالي .. هؤلاء الـ.........كانوا سيموتون بعد تناول خمس قطع فقط من هذا الخراء الجاف الذي نأكله.

7

فتح عينيه فجأة كمن استيقظ من كابوس، ليجد نفسه داخل السيارة. امتدت يده تتحسس الأوسمة على صدره في حركة لا إرادية..

ـ آوه كلارا! عزيزتي كلارا!

8

..

....

9

ـ أوه.. كلارا.. كلارا الحبيبة! ها أنا قد عدت..

ـ هل تذكرين!

منذ شهر عندما كنت هنا، أجل يوم ميلاد "سام". ابننا "سام"، لا أعرف أين هو الآن، لكنني أصررت أن أحتفل بميلاده معك. إنه انجازنا، نتاج حبنا الطويل وسهر ليالينا.

إنه كذلك، حتى و إن كان لا يهتم، لكنه انجازنا، أليست هذه كلماتك!

أخيراً تهدج صوته و استسلمت الدمعة في عينيه أمامها.. أجل أمامها.. عقله لم يكن أبدا ليفكر بأن الماثل أمامه الآن هو مجرد شاهد قبر قديم..

منذ العام الماضي تواعدنا جميعا-أنا أخبرتك- أن نذهب لنقضي اليوم أمام" النصب التذكاري ونحتفل بذكرى النصر معاً. نحتفل بدماء الذين ذهبوا منا يا ".كلارا

أرسلت أيضا دعوة لـ "كاثي" زوجة "بوبي"."بوبي" صديقي وزميل السلاح الذي رويت لك قصة الحمى التي أودت بحياته. الدعوة عادت لي مرة أخرى. أعادها لي البريد. حزنت جداً أنهم لم يستدلوا على عنوانها. علمت بعد ذلك أنها تزوجت منذ زمن، ربما أيضا أنستها السنون الطوال "بوبي".

أطرق للحظة..

لست حزيناً، أعتقد أن هذا سيسعده نوعاً ما. كل ما كان يقلقه في لحظات احتضاره هو أنها ستحزن من أجله. شيء بداخلي همس: لترتاح يا صديقي، فـ"كاثي" ليست حزينة.. ليست حزينة على الإطلاق، لكنني لم أستطع منع نفسي من البكاء لحظتها. لقد سمعت صوته المتحشرج بغليان الحمى في أذني ..

كاثي" ستبكي يا "جوبلز" حين تعلم بموتي. لا أريد لـ"كاثي" أن تحزن. لا" - ".أريدها أن تبكي يا "جوبلز

في هذه اللحظة تحولت دموع "جوبلز" لنشيج عالٍ. انهارت قواه تماماً. ظل فيما يشبه الهذيان يتمتم، والدموع والمطر يغسلان وجهه..

لترتاح يا صديقي، ليست حزينة! ليست حزينة -!

بعد دقائق حاول أن يتمالك نفسه ويتكلم..

لكنهم سيأتون جميعاً. نحن على وعد. سنذهب جميعاً لنحتفل مع "بوبي" وباقي الرفاق الراحلين. إذا كان الجميع قد نسيهم؛ فنحن لم ننسهم.

تعلمت هذا منك يا "كلارا". هل تذكرين عندما كنتِ تنهرين "سام" إذا اقترب من هذا الزي في الدولاب. هذا زي أبيك البطل. يجب أن يبقى للأبد سليماً هكذا ليتذكر، ونتذكر جميعا بطولته والدم الذي نزفه ورفاقه من أجلنا.

في هذا الصباح ارتديت زي الفسحة، ووضعت النياشين. كنت أريد أن أمر بك لتلقي نظرة علي. تعلمين أنك مرآتي. نويت ذلك وأنا أعقد رابطة عنقي.

لم تكن يداك هناك لتعدل لي من وضعه. آه يا كلارا، أشياء كثيرة أفتقدها وأنت بعيدة عني.

لحظتها قررت أن أمر عليك.. لكن.. لكن.. ميعاد الطائرة أجبرني ألا أفعل.

كبرت، ولم يعد سهلاً أبداً أن أستيقظ مبكراً.

سافرت يا كلارا. كنا على وعدٍ أن نتقابل جميعاً، ونحتفل..

....

اختنق صوته بالدموع و بدأ نشيجه يعلو مرة أخرى..

..لكنني لم أجد أحدا. كلهم ذهبوا يا كلارا

لماذا لم تخبريني لابد أنك كنت تعرفين ذلك؟!

لماذا لم تخبريني بأنهم ذهبوا إليك؟

لماذا لم تخبريني أنه لم يبق أحد ليحتفل معي؟

عند هذا كانت قوى السيد "جوبلز" قد استهلكت تماماً، وانهار في البكاء بصوت عالٍ و هستيري..

3

بعد ساعات قليلة، كان هناك سائق بملامح هندية يدلي بشهادته حول ذلك الراكب العجوز الغريب الأطوار الذي يرتدي زياً عسكرياً الذي قام بتوصيله للمقابر في ذلك الجو المطير

مظهر الراكب وحالته جعلتا السائق يعود مرة أخرى بعد أن غادر المكان، وينتظر في سيارته حتى طال انتظاره، وقاده القلق والريبة ليدخل من بوابة السور المحيط بالمقبرة ليطمئن على الراكب الغريب.

يروي السائق ـ في التحقيق ـ أنه وجد العجوز أخيراً مستلقياً أمام شاهد أحد القبور في حالةٍ سيئةٍ للغاية، وكان جسده يشتعل بالحمى؛ فقام بنقله إلى المستشفى على الفور.

يروي السائق بأن الرجل العجوز كان يهذي من الحمى بكلمات غريبة طوال الطريق إلى المستشفى. في البداية كانت الكلمات بالنسبة له غير مفهومة بالمرة، غير أنه عندما حاول التركيز والإصغاء؛ فوجد أنه يكرر عبارة واحدة..

" لماذا لم تخبريني أنه لم يبق أحد ليحتفل معي ؟!

لماذا لم يبق أحد للاحتفال

نجمتان..

1

قالت مدرستي بأن رسمي جميل، ووهبتني على صفحة الرسم نجمتين، فعدت إلى البيت وأنا في غاية الفرح.

ضحك أبي وهو يجرع آخر شيء تبقى في تلك الزجاجة التي تجعله أحمر العينين دائما، ودفعني لأبتعد دون أن تنال النجمتان في كراستي منه أدنى اهتمام. تلقفتني أمي، وذهبت بي إلى الغرفة. كانت عيناها محتقنتين بالدموع، لكنها ابتسمت من بين دموعها، واحتضنتني..

ستكون رساماً عظيماً، وسيكون لك معارض كبيرة، وتباع لوحاتك في كل مكان.

وفي اليوم التالي اشترت لي علبة ألوان خشبية وكراسة رسم جديدة. أنا أحب أمي. أرسمها دائماً وهي تبتسم من خلال دموعها. رسمتُ أيضاً الحمامة التي تعشش على نافذتنا، وقطة أختي، ورسمتُ أيضاً المدرسة والحديقة..

2

اليوم عدتُ من المدرسة، فلم أجد أمي.

سمعتُ كلاماً من جارتنا وهي تحتضنني وأختي، وتبكي، وتهمهم بأشياء لم أفهمها تماماً عن هروب السكير، والمسكينة الملقاة في سرير المستشفى بين الحياة والموت.

في المستشفى كانت أختي تبكي من الجوع، بينما أمي في السرير نائمة والأنابيب محيطة بجسدها.

لم يسمحوا لنا بالدخول، ولكن رأيناها من خلف زجاج سميك. الرجل في المعطف الأبيض يطلب من جارتنا ضرورة توفير المال في أسرع وقت قبل أن تموت. نعم، قال بأن أمي ستموت..

بينما جارتنا تنظر لنا والدموع في عينيها، وتلوذ بالصمت، خطرت في بالي الفكرة. أعرف أين تضع أمي المال. قلت لجارتنا..

أمي تضع المال فوق الثلاجة..

تربت جارتنا على كتفي، ودموعها تنهال على خديها، وتقول أن المطلوب مالٌ كثيرٌ، وتشتري لنا الطعام في طريق عودتنا أنا وأختي.

سكتت أختي عن البكاء، ونامت بعد أن أكلت؛ فحملتها جارتنا طول الطريق إلى البيت.

لم نعد إلى شقتنا. قالت جارتنا بأننا سنمكث معها حتى تعود أمي، ولكن ليس لدينا مال نعطيه للرجل ذو المعطف الأبيض كي يعيد أمي. ارتعدت للفكرة. أنا أحب أمي..

تظاهرت باللعب حتى غفلت عني جارتنا في المطبخ، ثم تسللت إلى شقتنا. كنت أعرف طريقة لنأتي بكل المال الذي يريدون، ليعيدوا لي أمي. كان كل ما أحتاج مفرش المنضدة وكراسة الرسم التي اشترتها أمي.

3

منذ ساعتين وأنا أفترش الرصيف المزدحم بالبائعين. صفحات كراستي صففتها أمامي بعناية. رجل طيب منذ نصف ساعة اشترى رسمي لقطة أختي ووجه أمي المبتسم، ووهبني ورقة تحمل الرقم 10 وهو يبتسم بعطف.

الآن أنا سعيد. في نهاية اليوم سآخذ حصيلة بيعي كلها للرجل ذو المعطف الأبيض، وأقول له بأن يعيد أمي، وحين تعود، سأخبرها كيف أنني صرت رساما كبيرا يبيع اللوحات في معارض العالم.

أنا أحب أمي.

مقتل رجل مهم..

نفث آخر أنفاس سيجارته قبل أن يلقيها إلى لا مكان..

والآن عليك أن تكون محدداً أكثر فيما تقول، فكلامك كله منذ البداية مائع وغير مفهوم. هل أتيت بي إلى هنا لتقول لي مثل هذا التخريف؟!

هممت أن أتكلم، ولكنه قاطعني بلهجة أكثر وداً محاولاً أن يخفي ما سببه كلامي من صدمة..

أنا أعرف بأنك صديق عزيز، بل إنني لن أبالغ إذا ما قلت إنك أقرب أصدقائي لي، ولكن ها أنت تأتي أخيرا لتقول لي مثل هذا الكلام!

أشعل سيجارة أخرى بولاعته الذهبية وهو يشير للنادل ليحضر فنجان قهوة آخر، في الوقت الذي كنت أحاول فيه أنا السيطرة على مشاعري وذلك التخبط الذي اعترى ذهني فجأة..

هل يمكن أن يكون كل ما مر بي مجرد وهم؟!

هل كانت الأيام الثلاث التي سبقت جلستنا مجرد خيال؟!

لقد أوشكت على الانهيار مراراً، وكرة النار التي كانت تسكن معدتي. كان كل شيء يدفع بي إلى الجنون، واستغرق الأمر عذابا ما بعده عذاب حتى أطلب أن أجتمع به بتلك الطريقة. انتزعني من دوامتي صوت ارتطام فنجانه بالطبق الصغير على المنضدة.

والآن، أعد على مسامعي ما كنت تقول. كلي آذان صاغية. هل تلمح لأن زوجتي تخونني؟! مشيرة! برغم عشرتنا الطويلة، أنت ـ فيما يبدو ـ لا تعرف مشيرة. إنها كائن أشبه بالملائكة. لا.. لا تنظر لي هكذا..

كان صوته متهدج وفي غاية من الانفعال، بل لقد كان يؤكد كلامه؛ فيطرق بقبضته على المنضدة. كان يتشبث بخيوط واهية من رباطة جأشه، برغم الاضطراب الشديد الذي وشت به ملامحه الدقيقة وشعره البني المصبوغ الخفيف الذي برغم عنايته الفائقة به كان فجأة منتصبا فوق جلد رأسه اللامع المتعرق كأشواك قنفذ هبت للدفاع عن صاحبها. كان مشهداً بائساً بحق لشخص في مثل سنه ومركزه..

وكأنك لا تعرف شيئاً عن كل ما مررنا به معاً، لقد ظلت وفية لي طول سنين زواجنا. هل تذكر اعتقالي بعد أحداث سبتمبر؟!... بالتأكيد تذكر.. فقد كنا سويا. هل تذكر كيف تحملت هذه الأيام العصيبة حتى أتى ذلك العفو بعد مقتل السادات وخرجنا سويا؟! هل تذكر في كل مرة كنا نعتقل أو نسجن بعد مؤتمر حزبي أو تظاهرة؟! حتى خلال الثورة.. من كان يقوم على رعايتنا أنا وأنت في الميدان؟! مشيرة لم تتزوجني وأنا وزير كما أنا الآن. لقد تزوجت شخصاً كانت تطارده دولة بوليسية كاملة بكل أجهزتها، وبالرغم من ذلك لم تلن، ولم تتخلى عني طوال تلك

السنين التي لم أكن أبدا فيها رجلا يضمن لبيته الاستقرار والأمان. لقد تحملت مشيرة ما لم تتحمله امرأة في مصر، من أجل ماذا؟!.. من أجل أنها تحبني، نعم، بكل عيوبي وجنوني، والآن تأتي أنت بعد كل هذه السنين، حاملا تلك الصور السخيفة على جوالك، وتقول لي بكل بساطة أن المرأة التي تحملت معي كل هذا تخدعني. تخونني.. أنت مجنون.. بكل تأكيد أنت مجنون.

قطع كلامه فجأة، واختطف جوالي من على المنضدة. كان صوت تنفسه عال بشكل لافت، وظل يقلب الصور. كانت عيناه جاحظتان وملامحه تزداد ذهولاً وتعرقاً. كل شيء فيها كان يرفض ما يراه. كل نظرة في عينيه كانت تبحث في الصور عن شيءٍ يقول له أنها ليست مشيرة، تلك العارية التي تتلوى في فراش ذلك الممثل الشاب. أعرفه جيدا، أعرف ما يدور في ذهنه في تلك اللحظة. لم يكن منصبه الوزاري ولا الاحتمالات الجنونية التي يحملها انتشار مثل هذه الصور المذلة له كرجل ذو تاريخ، كل هذا لن يدور بباله الآن ولا لاحقا. الطعنة التي بين جنبيه الآن تتخطى كل هذا. إنني لأكاد أرى دمائه الآن تفور من صدره كنافورة حمراء، وتتناثر على كل شيء في المكان.

ألقى الهاتف أمامي، وقام دون أن ينطق بكلمة، بعد خطوتين كاد يسقط، غير أنه استند على ظهر كرسي ما، وخرج. تأملت للحظة طرقات المطر على زجاج المقهى من الخارج، قبل أن أطلب من جوالي الرقم المحفوظ..

كلمة واحدة..

- انتهى.

ثم أغلقت الخط. مهما كان الأمر لقد لجأوا للشخص الصحيح الذي أتم لهم مرادهم بأسرع وأسهل طريقة.

تغلبت على تلك الغصة في حلقي وأنا ألقي بثمن ثلاث فناجين قهوة على المنضدة، قبل أن أمضي تاركاً ورائي ولاعة ذهبية وعلبة سجائر تسببت للتو في مقتل صاحبهما....

الفطام

1

عمرٌ مضى..

ما ألفت الحياة وما ألفتني..

ولكن كل هذا انتهى في حضرته وبين يديه. سنينٌ قضيتها بين يديه أنهل من بحر أنوار معارفه، وترتوي بداخلي بذرة محبته التي انغرست في قلبي منذ أول يوم؛ فأنبتت شجرة نور، أورقت بين جوانحي، وتشابكت أفنانها، حتى جادت بثمار من نور ورضا خالص لا تشوبه شائبة.

ثم جاء اليوم الذي دعاني فيه من الخلوة على غير عادته. سنينٌ أقمتها في رعايته، ما استدعاني لشيء ولا لأمر أبداً.

كيف يكون ذلك؟ وهو يعلم أنني ما فارقته إلا للصلاة والتلاوة أو لأخذ قسط من النوم والراحة بقدر ما يعين الجسد على مواصلة الدرس والعبادة؟ الحقيقة أن الأمر قد أقلقني بشدة، ووجدت في صدري منه انقباضاً لست أدري له سببا.

لما جلست بين يديه، قرأ ما يعتمل في نفسي؛ فأشرق وجهه المنير بابتسامة صبوحة مطمئنة..

- فطن قلبك إلى ما لم يفطن إليه عقلك.

برغم علامة استفهام كبيرة لمعت في مقلتي، غير أنني - وبشكل ما - عند تلك اللحظة - عرفت بأن الأمر قد جاء بالفطام المر، وأن ساعة الفراق قد حلت لا محالة.

فارقت الحضرة المباركة بعين دامعة، خرجت كالمولود لأرض الله الواسعة، ليس في جعبتي زاد ولا نقود، فقط النور الباكي في قلبي وكلمتان دسهما في أذني كأنما يزودني بهما للسفر..

- ما أحب الله رجلا إلا ووهبه تقديس الكلمات، فاحذر أن تبهتها أو تظلمها؛ فتضعها حيث ينطفئ المعنى والبريق.

2

انطلقت، برغم المرارة تعتصر قلبي، نحو العالم الذي كنت قد نسيته أو اقتربت من نسيانه تماماً.

ها أنا أعود مرة أخرى للعالم بأناسه الذين هجرتهم، واستوحشت المعيشة بين ظهرانيهم ووسط صراخهم وضوضائهم وصراعاتهم التي لا تنتهي وسعيهم المحموم نحو عرض الدنيا الزائل..

ها أنا أعود..

في البداية أخافتني الفكرة..

لكن يدي زحفت، فتحسست جعبتي التي احتضنت مصحفي وأوراقي. هدأت نفسي كأنما قد وجدت السلاح الذي ستواجه به العالم هذه المرة. إنه ما أخذته عن شيخي من نور وعلم.. علم ما بدخيلة نفسي، وعلمٌ بالطريق المضيء نحو دخائل النفوس من حولي. فطنة النورانيين من أهل العزم والخطوة والقرب..

هذه المرة أعود للعالم مستضيئاً بالعلم، مستنيراً بالمحبة وشجرة النور المورقة في قلبي. في يدي مشعل هي كلمات شيخي وما عرفته على يديه عن الله.. عن نفسي.. عن ناموس الكون.. عن طبائع المخلوقات والناس.. عن اليقين والتوكل.

عدت للدنيا مولوداً جديداً، أكثر طهراً، منزه النفس عن كل ملذةٍ سوى محبة المعرفة.

على يد شيخي عرفت نفسي، وها هو يطلقني لأدرك أكثر عن الكون والناس.

يوماً ما أشار لباب الصومعة الذي تخلل ألواحه الضوء، وقال بصوت عميق..

ليس خارج هذا الباب سوى ضوء الشمس والمعرفة.

قلت بشيء من الرعونة..

ليس بالخارج سوى عالمٌ قاسٍ، وأناسٌ متوحشون يقتلون بعضهم لأجل لا شيء.

افترت شفتاه عن ابتسامة هادئة..

لا يدرك نور الحكمة سوى عيون جبلت على محبتها.

يومها كنت تلميذاً جديداً غراً؛ لذا لم أدرك معنى الكلمات..

اليوم وقد امتلأت عيناي بمحبة النور، ها هو يطلقني نحو العالم، لأنهل المزيد من العلم والنور..

في أول لقاء قال لي..

ما جئت عندي إلا لتدرك ما وراء جدار نفسك.

اليوم يطلقني لأنبش خلف جدار العالم، وأعلم ما لم أعلمه من قبل عما وراء جدران الآخرين.

3

مضيت في طريقي أطوي الصحراء على غير هدى سوى التوكل على من لا يغفل ولا ينام، وكلي يقين بأنه لن يضيعني.

تغيرت المعالم حول الصومعة كثيراً عبر تلك السنين؛ فانمحت كل علامة كان من الممكن أن ترشدني إلى سبيل العودة من حيث أتيت منذ سنين ما كنت لأكترث بعددها..

ضربت أخط بقدمي آثاراً على كثبان لم يطأها بشر من قبلي أو هكذا أنبأني نقاء صفحتها من أي علامات سوى خطوط الرياح العابثة. كان لقدمي، العائدتين من

نعيم الحقيقة والباطن إلى عالم الباطل، أول أثر بشري على وجه تلك الكثبان والرمال..

ها هي قدماي، اللتان قادتني إلى الصومعة هرباً من دنيا الناس، تحملني مرة أخرى في طريق البحث عنهم..

هل خشيت الضياع والضلال في قلب تلك الصحاري الممتدة؟

لا والله ما خشيت سوى اكتمال الرحلة ونهاية الصحراء. كل فضاء على الأرض ينتهي عند أسوار البشر..

العودة إلى عالم البشر صعبة كما كان الفراق من قبل..

مضيت.

لست مكترثا إلى أي اتجه سلكت..

كل الأرض لله، وكل اتجه يقود في النهاية إلى مدن الإنسان. شيخي يقول..

ابن آدم موجود ما دامت الشمس في كبد السماء.

وها هي الشمس فوقي لم تغادر مسكنها..

طوال النهار والرمال تحملني إلى مزيد من الرمال، ولا أتوقف عن المسير إلا للتيمم والصلاة في وقتها، حتى لاحت في الأفق أسوار العمار..

4

يا الله!

ها أنا على ضوء الشمس الغاربة ألمح الأسوار التي تفصل البكارة عن الصناعة والزيف. أسوار حجرية قديمة تلف مدينة غريبة، شيدو ها قاصدين حماية مدينتهم، وربما هداهم الله لتشييدها؛ ليحمي ما حولها مما داخل نفوس أهلها وساكنيها من زيف وشرور.

لكأني أسمع أصوات الأرواح الضالة والنفوس المنهكة تصرخ خلف تلك الأسوار.

ارتعش قلبي بالخوف بعد الطمأنينة.

يا الله! أعني على ما كتبت لي من اختبار وأعدني منه مجبوراً غير مكسور ولا ضال.

اجتاحت الرهبة نفسي مع مشاهد الأحجار المتراصة؛ فلاح لي وجه شيخي باسماً..

ما حجب جدارٌ خطراً إلا وحجب معه شعاعاً من نور.

5

اتجهت إلى السور العتيق، وكلي إيمان برحمة الله، وأنه لن يضيعني. ما جئت من النور إلى الظلمة إلا طلبا للمزيد من النور.

في الطريق مررت بشواهد القبور، تنبت من الأرض كأنها أياد تلوح بالنهاية المحتومة.

(كل المدن تلفظ موتاها خارج أسوارها، كأنها تريد الانفراد بأهلها؛ لتتفنن بإلهائهم عن طبول النهاية التي تدق في كل ثانية تمر بهم)

الموت يلوح بأياديه، والأرض لا تشبع من لحوم الناس، كذلك الحياة لا تمل من إنجاب المزيد من اللحوم والطعام، بالرغم من يقينها أنها تهبه للتراب. كان شيخي يقول..

الحياة والموت طفلان ولدا مع خلق الإنسان، به يخلدان، لكنه دائما ما يتوارى منهما في كهف ـ خلقه الله بقلبه ـ رحمة به ـ هو النسيان.

شيخي..

يا الله! كم أشتاق لصحبته..

أتذكر كلماته لي في كل حين، وفي حلقي غصة حزينة، برغم معرفتي بأن الفطام كان لابد منه، غير أنني لا أستطيع منع ما في القلب من عتب ومرارة خلفها الفراق الذي أتى بلا تمهيد ولا سابق أمارة.

للحظة تمكن مني الخوف والرهبة. وقفت قبالة الأحجار مثل تمثال، وجلت بعين القلب بين شوارع المدينة دون أن ألج أي باب من أبوابها، قلبت وجهي في أحوال أناسها، ولشد ما عجبت وشدهت وأنا أتسمع صرخات القلوب في الصدور..

رباه! ما أثقل أحمال الصدور!

فاضت الدموع من عيني، ووددت لو أغض بصر القلب عن كل هذا الذي ينكشف له من مكنون القلوب..

لكن هول ما رأيت كان يحول دون ذلك..

جسدي يرتعش. أشعر بالبرد يتسلل في أوصالي كأنني محموم..

يا الله! أعني على الاحتمال!

مدينة من القلوب الجريحة الكسيرة..

انكسرت قلوب الفقراء بمعاناتهم، وقلوب الأغنياء بأحوالهم، وقلوب المظلومين بمظالمهم، وقلوب الظالمين بظلام عقولهم..

قلوب النساء كسيرة بالرجال، وقلوب الرجال كسيرة بالشقاء.

قلوب العلماء حزينة بما علموا، وقلوب الجاهلين مثقلة بوفرة ما جهلوا.

لا شيء سوى الانكسار..

لا شيء سوى الصراخ ..

أسوار المدينة أحجارها تئن تحت ثقل ما يصطدم بها من صراخ وأنين. كياني أنا أيضا يتحطم تحت ربقته..

صرخت..

يا الله! ما حيلتي في كل هذا؟!

وعزتك وجلالك لإنك تعلم بأني لا أملك لأيٍ منهم حولاً ولا قوةٍ؛ حتى أرفع عنه بلاء أو أمسح عن قلبه ما يكابد..

سرت في كياني وصايا شيخي..

جئتني لتكشف ما وراء جدار نفسك، فانطلق لما سترت جدران الآخرين من نفائس.

...

6

تسللت إلى المدينة النائمة في منتصف الليل. مدينة لطرقاتها الضيقة شيءٌ كثيرٌ من العشوائية، وبرغم الإضاءة المبهرة لليل فيها، غير أنك لا ترى على هداها سوى منازل وحوانيت افتقدت الجمال والتناسق. ما تعديت في تجوالي أطراف المدينة، وما كان لتجوالي سوى هدف وحيد هو البحث عن بيت من بيوت الله أقضي بين جدرانه ليلتي الأولى..

ليلتي الأولى في عالم الناس..

الرجل البدين..

يطالعني كل صباح ذلك الشخص البدين الذي يكبرني بسنوات، وأنا أمشط شعري أو أصلح هندامي استعداداً للخروج لعملي، يبتسم كأنه يعرفني، ويلوح بتحية الصباح..

وفي كل مرة أردها بملامح عابسة وحاجبين معقودين مستغربا ذلك التباسط الغير معهود من شخص لا توجد بيني وبينه سابق معرفة أو اختلاط. إنه لا يقتحم فقط مرآتي، بل ولاحظت مؤخراً، حين دققت، أنه يقتحم انعكاس صورتي في عيون الناس.

هذا الصباح خطر في بالي أن أعرج على محل للملابس..

اقترب مني البائع باسما..

- سيدي! لا أحسب أنك ستجد مقاسك في هذا الركن بالذات.

اجتاحني غضب عارم للهجته المطعمة بالسخرية، وهممت أن أصيح في وجهه لاعناً سماجة شخصه وقلة ذوقه، غير أن التفاتة مني لعينيه جعلتني ألوذ بالصمت، كان ذلك الرجل البدين الذي يكبرني بسنوات هناك. كان مقتحماً صورتي، ويقبع في سواد عين البائع بدلاً مني.

احتراق ذاتي

أشعل سيجارته، وطفق يدخنها في خواء، وعينه لا تفارق موجات الدخان الأزرق الكثيف. بقدر ما كان مظهره يوحي بالهدوء والتفكير العميق في جلسته المسترخية في مقعده المريح، غير أن ثمة بركان كان يغلي بداخله، بركانٌ غاضبٌ رافضٌ لكل ما حوله.

تواترت الصور على ذهنه واحدة تلو الأخرى. ما يحدث في العالم.. نشرات الأخبار.. سياسات الحكومات.. ما يحدث في عمله.. رئيسه الغبي المتسلط، وزملائه الخاملين المتسترين بالصمت والنفاق. لاحت له أيضاً صورة عابرة لخطيبته وهي تتعمد النغج لتطلب منه شيئاً مبالغاً فيه، نظرات حماته الغير مريحة، نداءات الباعة، وقفة "الديلر" على ناصية الشارع في وسط النهار؛ وقر في نفسه شيء واحد بعد حضور كل تلك الصور ومرورها أمام عينيه، ومع تهافت المزيد والمزيد من الصور والأصوات؛ كان هذا الشيء يتأكد بداخله

"هذا العالم لابد أن يحترق عن بكرة أبيه وتبدأ على هذه الأرض حياة جديدة بلا أي من هؤلاء البشر"

مع كل صورة كان يقينه بما توصل إليه يزداد، والبركان داخله يلقي بحممه. بدأ دخان آخر أسود يتصاعد من جوفه، ثم تدريجياً بدأت النار الصامتة الباردة تلتهم أعضاءه وهو يراقبها غير مكترث. لم يستغث، لم يصرخ، لم يتحرك قيد أنملة. كان ذهنه خاوياً من أية ردة فعل، لم يهتم حتى بأن يروي حلقه الجاف بشربة ماء أخيرة، وكأنه لا يريد أن يفوت لقطة من مشهد نهايته الغريب.

بطالة

!صباح الخير
.رد تحيتها الصباحية بهمهمة غير مفهومة وهو يتحنب النظر لعينيها
منذ فترة صار يبتعد، يتحاشاها، يتجنب ابتسامة طفلهما الوحيد .صارت
..السيجارة صديقه الوحيد، وغدت الشرفة مقامه و خلوته
أكثر ما كان يخشاه هو مواجهة عينيها. كلما نظر فيهما، وجد اسمه على قائمة
.طويلة من الموتى الأحياء

شجرة التوت

سمي شارعنا باسمها، فقد كانت معلمه الأهم وربما الوحيد. شجرة التوت التي زرعها جدي على رأس شارعنا ـ وكان رجلا مهاب الجانب بفضل عمله في بلاط الخديوي ـ أزالتها البلدية لأنها تقف في طريق موكب الوزير الذي يمر في شارعنا مغتالةً نسمات التاريخ ومظلة الطفولة، ومنتزعة من شارعنا اسمه ورمز عراقته الوحيد.

ما تيسرَ مما رأيت

أتذكر ملامحه جيدا في تلك اللحظة. لا شيء يستطيع محو ها من ذهني طوال تلك السنوات.

الصفعة على وجهه استدعت بداخله كل مشاعر الغضب، تحجرت عيناه على وجه عدوه للحظة، وتكورت قبضته مستعدة للإطاحة بنصف العالم، ثم لاحت منه نظرة لطفليه؛ وسر عان ما تحول الغضب إلى شعور بالمرارة. طحنت يده عود حطب كان يمسك به ولاذ بالصمت.

37

عين الشمس..

1

شمس الصباح تلهب العالم منذ الدقيقة الأولى بعد ليلة صيفية مفعمة بالحرارة والرطوبة اقتحمت التقويم الخريفي. تقلبت في بركة العرق على وسادتها/ قبل أن يقتحم حلمها صفير مروحة السقف المزعجة؛ فيوقظها. نظرت لها في ضيق، وبذهن يسوده الضباب لامت زوجها في حنق على كسله وإهماله لاحتياجات البيت (ألا يلفت نظره أننا نحتاج مروحة جديدة؟!).

انسلت للحمام، ومع أول دفقة ماء لمست جلدها ابتسمت، وكادت تضحك على نفسها..(مختار مسافر من شهور يا مجنونة!).

كثيرا ما تضبط نفسها تلومه على أشياء. عقلها لا يزال لا يستوعب غيابه. كثيرا ما تستيقظ في منتصف الليل لتجد يدها تبحث عن جسده في فراغ الفراش. مازالت لم تعتد وحدتها..

أحست بغصة وهي تسترجع الكلمة: الوحدة!

منذ سنوات لم تخطر ببالها. لربما كانت اختفت من قاموس حياتها تماما في فترة ما. من ذا الذي يفكر في الوحدة بين أحضان أسرتها الجميلة؟ زوجٌ حنون محب، وطفلان بعقول الملائكة وشقاوة الشياطين، أين تقع الوحدة بين هؤلاء؟ وأين محلها من الإعراب في حكاياتها اليومية؟

ما ان ارتدت ملابسها، حتى أسرعت لإيقاظ الطفلين الغارقين في العرق وانطلقت بهما الحمام، وهي تهمس في آذانهما باسمة..

اليوم أول يوم دراسي؛ لا نوم لوقت متأخر بعد اليوم.

بدا الضيق على الوجهين الصغيرين اللذان لم يفارقهما النوم بعد بشكل كامل وهما يرتديان زيهما المدرسي، ولكنهما لم يملكا الاعتراض. مضت بهما لناصية الشارع، ولوحت لهما مودعة وهما يركبان الأتوبيس متجهين إلى المدرسة محاولة أن تكون ابتسامتها آخر ما يرياه منها.

الآن ستعود للبيت وحيدة بالفعل، وستظل مع وحدتها لساعات.

استلقت في الفراش، وحاولت العودة للنوم، ولكن هيهات. الحر وصفير المروحة كانا لها بالمرصاد؛ فقامت لتناول الشاي أمام التلفاز، وهي تلعن الحر في كل ثانية، وفي سرها تلعن الظروف التي حرمتها من تناول الشاي مع زوجها في صباح كهذا، وفي التلفاز كانت مذيعة البرنامج الصباحي في كامل اشراقتها الملونة ـ باسمة ـ وتبدو متصالحة مع كل شيء في الكون ـوهي تعلن درجات الحرارة المرتفعة بشكل استثنائي هذا الصباح، ثم تقدم لريبورتاج عن أول يوم دراسي.

2

قولوا لعين الشمس ما تحماشي

أحسن حبيب القلب صابح ماشي..

صدح صوت شادية قادماً من داخل إحدى السيارات المارة حنوناً جميلاً وغير مبالٍ بالهجير والغبار الذي يختلط بالهواء، بينما تقف هي على جانب الطريق.

شاشة الموبايل التي تعلن الساعة الواحدة والنصف بأرقام ضخمة.. وأتوبيس المدرسة لم يأت بعد!

تراه تأخر أم جاءت هي مبكراً عن الميعاد؟!

حقيقةً لم تكن لتتذكر ميعاد انتهاء اليوم الدراسي في مدرسة الطفلين. لوهلة خطرت في دماغها فكرة محبطة: لربما كان ينتهي في الثانية مثل دوام الموظفين! زفرت في ضيق وهي تمسح قطرات العرق المتناثرة على جبينها، هذا معناه انتظار نصف ساعة أخرى أو أكثر في هذا الجحيم المترب. دماغها تكاد تنصهر من الحرارة تحت الايشارب، وخطوط العرق تسري في كل جسدها. تلفتت حولها باحثة عن مكان ظليل، ولكن الشجرة الوحيدة كان يقف في ظلها شاب يرتكز على عكازين تحت إبطيه يشير لكل "توكتوك" يمر أمامه، ولكن بلا فائدة.

زفرت في ضيق، خطر لها أن تذهب لتنتظر في البيت، ثم تأتي مرة أخرى، ولكنها كانت تشعر بإرهاق وضيق منعاها من الحراك..

كانت تقول لـ "مختار" ..

المدرسة عذاب الدنيا. نعذب به صغارا ثم نعذب به مع صغارنا بعد أن نكبر، ونصير في هذا العذاب حتى المشيب.

وكان يضحك ولا يرد، فتنظر له في عتاب..

هل تسخر من كلامي؟

بل السكوت علامة الرضا.

بالرغم من ضيقها، لاح شبح ابتسامة على شفتيها، وصوت ضحكته الخشنة المجلجلة يرن في أذنها. للحظة تناست الحر والشمس والغبار الذي تثيره عجلات التوكتوك والسيارات على الطريق. لحظة كانت كافية للحد من ضيقها، وتصالحها مع هذا العالم المترع بالعرق.

لفت نظرها بأن الشاب الذي يقف على عكازيه في ظل الشجرة. لم يزل في مكانه يشير لكل توكتوك يمر أمامه، ولكن الجميع يمضي كأنه لا يراه برغم أن نظرة واحدة تؤكد بأن أغلبها فارغ بلا ركاب فعلاً.

لوهلة سمحت لنفسها بأن تلقي نظرة مدققة لأول مرة. شابٌ في العقد الثالث تآزر الحر والفقر والعرق ولحيةٍ غير حليقة على أن يبدو في مظهر مزري، ناهيك

عن العكازين الخشبيين تحت ابطه. بحس الأنثى استوعبت الموقف تماماً، وفهمت لماذا لا يقف أحد ليقل الكسيح المسكين.

لدقيقة قاطع تفكيرها توقف الأتوبيس ونزول طفليها منه، وانشغلت لدقائق بحديثهما المرح عن يومهما الدراسي الأول وساعات اللعب والزمالة. حملت عنهما الحقائب، وهمت تمضي بهما نحو البيت، غير أن نظرة منها للمتعرق البائس على بعد خطوات جعلتها تتوقف فجأة، وتنقل نظراتها للحظات بينه وبين الطفلين في تردد لم يدم طويلا، قبل أن تخرج ورقة بخمسة جنيهات وتدسها في يد أحد الطفلين..

اذهب واعط هذه لعمك الواقف هناك.

استغرب الطفل للحظات ونقل نظراته بينها وبين الرجل الذي وصفته بعمه بينما هو يراه لأول مرة في حياته ولكنه ذهب مادا يده بالورقة النقدية..

ابتسم الرجل ـ الذي فوجئ بفعل الطفل ـ في حرج..

متشكر يا حبيبي. معي فلوس.

وجدت في نفسها جراءة لحظية لتقول له بصوت مسموع..

خذها، وافردها في يدك، وأشر بها للتوكتوك.

للحظة تردد قبل أن يأخذها من يد الصغير ويشير للمركبات الصغيرة الكثيرة المارة في الشارع مثيرة الغبار والضوضاء في ساعة ذروة عودة التلاميذ والموظفين، ولشد ما كان تعجبه حين توقفت أمامه ثلاث من تلك المركبات السوداء القميئة دفعة واحدة، كل من سائقيها يريد أن يقلُّه..

تفرس فيهم للحظة بإحساس يشبه الصدمة، قبل أن تلمع في عينه دمعة ثائرة ويصيح في هيستيرية..

ـ والله معي فلوس وكنت سأدفع. والله معي فلوس وكنت سأدفع. والله معي فلوس وكنت سأدفع..

تجمع الناس حول الثائر الدامع دون أن يفهموا حقيقة ما حدث، وانهالت الأسئلة والاستفهامات، ولكن صوت الشاب كان قد اختنق بالدموع، ومن بين الأكتاف المتزاحمة والدموع منح نظرة شكر عميقة لسيدة تقف بصحبة طفليها على مقربة بادلتها هي بنظرة حزينة مشفقة قبل أن تمضي لوحدتها التي لم تعتدها بعد.

الطيبون

السم يجري في عروقه، يصب في أحشائه النار والألم. يصرخ من العذاب حتى يلفظ أنفاسه الأخيرة. جمعت أطباق الغداء المسموم وغسلتها جيدا، وجلست إلى جوار جسده المسجى على أرض الغرفة تتأمله بعيون دامعة ـ كان طيباً كالملائكة، وزمننا يضمر الجوع للطيبين ..

من الشارع يصيح بوق سيارة فارهة؛ فتمسح دموعها، وتخرج نحو حياة تعج بالطعام، وتفتقد الطيبة ..

أين ذهب كل هذا؟!

تلوح بخاطري بين حين وآخر تلك الأيام البعيدة كأنها حلم.

تلٌ ما يطل بقامة مهيبة على تشابك أشجار الغابة الملئى بالأنغام. أقف -مستقبلاً الشروق ونسمات الصباح الباردة المختلطة بعبق كل أخضر في الغابة - عارياً إلا من إزارٍ من أوراق الشجر.

أتذكر الوحدة المترعة بالسكينة، والعالم الهادئ، والوقت الذي يمضي مشبعاً بالجمال على وقع خرير الماء في النبع القريب والرائحة الخضراء التي تغمر كل شيء..

أين ذهب كل هذا؟!

يقتحمني صوت "كاميليا" المتربعة على الكنبة أمام التلفاز بشكلٍ مفاجئٍ لينتزعني من الجنة للمرة الألف..

وأنت خارج لا تنسى البيض والجبن لأجل سندوتشات الأولاد غداً، ولا تتأخر، إعادة المسلسل الساعة 9

أطالعها بجمودٍ للحظات قبل أن أطبق عينيَّ على صورة جسدها المتربع والتلفاز، والسؤال يدق في عقلي كوقع طبول ضخمة حانقة..

"أين ذهب كل هذا؟

سِفر الفقراء

1

عدت من أورشليم إلى بلدتي لا شيء أحمله بين يدي سوى الخيبة. فشلت تماماً فيما كنت آمل فيه، وتوارى حلمي إلى الأبد.

فبالرغم من نسبي النقي إلى آل هارون الذين اختصوا بالكهانة وحفظي للتوراة وحسن سيرتي وعلمي بالدين الذي حصلته على مدى سنوات، غير أن كل هذا لم يشفع لي لأحقق حلمي. حتى نقاء الدم والسلالة لم يعن شيئاً البتة.

لا شيء يمكن أن يجعل مني أنا ـ ابن الصياد الفقير ـ كاهناً أو حتى خادماً أو تلميذاً في أروقة الهيكل. وكل ما ادخرت قبل سنوات لتلك الرحلة نحو حلمي أيضاً كان قد تبدد..

.. كان لابد أن أعود لبلدتي، وأبدأ من جديد متناسياً كل شيء.

استغرق ذلك وقتاً لا بأس به، لكنني في النهاية نجحت أن أدفع نفسي للمضي قُدماً بالرغم خيبة أملي.

اشتغلت بالصيد، وساعدني في ذلك القارب الصغير الذي ورثته عن أبي، وما هي الا سنوات حتى كان لي دارا وزوجة طيبة وحياة مستقرة.

ولكن الأمر كان مسألة وقتٍ حتى يدق الألم والحزن بابي، ويمزق قلبي من جديد. لقد ولدت طفلتي الأولى بقدمين كسيحتين.

طفلتي..

صغيرتي الجميلة ذات ملامح الملائكة، التي لا تخطئ طهارتها وبراءتها عين.

أي طعنةٍ تمزق كبدي كلما نظرت في عينيها الحزينتين وهي تتابع لهو من هم في سنها.

الحقيقة أنني لم أدخر جهداً وحاولت لسنوات وبشتى الطرق أن أستجلب لها الشفاء، ولكن كل ما انتهيت له بأن الأمر يحتاج لمعجزة.

وكانت المعجزة.. يوحنا!

2

في الليلة التي وصلت فيها إلى شاطئ طبرية حاملاً ابنتي بين يدي أملاً في شفائها. كان خبر مقتل المعمدان وقبلة "سالومي" لشفتيه الميتتين يملأ الدنيا ضجيجاً وحزناً وألماً.

والآن أي معجزةٍ تُرجى وقد قُتل المعمدان!

الزمن يضن على الفقراء بكل شيءٍ سوى الحزن والألم..

47

عدتُ إلى بلدتي مرةً أخرى وفي حلقي مرارةً أقسى من تلك التي كانت في عودتي الأولى. كنت هذه المرة حاملاً بين يديَّ فلذة كبدي التي توارى عنها أملي وأملها في الشفاء..

3

ولما بلغني خبره؛ طرتُ فرحاً. قلبي حدثني أنه الأمل الوحيد الباقي لطفلتي الحبيبة، وهرولت أنهب الطريق نهباً نحو "الناصرة" بحثاً عنه، ولكنني حين وصلتُ عرفت بأنه خرج منها.

لم أقطع الأمل. لقد كان من المستحيل أن أتصور العودة لبيتي خاوي الوفاض بعد كل تلك الأمنيات الدامعة التي ودعتني في عيون زوجتي وابنتي الصغيرة؛ لذا لم ينثن لي عزمٌ، وتبعت أثره من قريةٍ إلى قريةٍ أتصيد أخباره.

حظي لم يكن جيدا بما يكفي لألحق به، ولكن في كل مكان كانت تتوارد إليَّ القصص. هنا أحيا ميتاً، وهنا شفا مفلوجاً، وهنا أخرج من أحدهم سبعين روحا شريرةً. كلما سمعت زاد جدي وحماستي في تتبعه، حتى أتيت أورشليم، و قيل لي أنه نزل بها، بل سمعت عن أنه دخل وطرد الباعة من الهيكل ووبخ الكهنة.

في الحقيقة لقد توجستُ من كل ذلك خيفة، الكهنة لن يصمتوا على انتهاك قداستهم ونفوذهم على هذا النحو. كدتُ شبح النهاية يحيط بالمعلم الصالح صاحب المعجزات.

أُشهد الرب أنني لم أجلس للحظةٍ منذ وطأتُ بقدمي أرض أورشليم حتى توصلت لمكان مكوثه. كان يجب أن أحذره، بل لعله إذا وافق أن يصاحبني عائدا ليبارك ابنتي، ويشفيها ويكون في ذلك نجاةً لكليهما.

وعلى بابه قابلني تلميذ له يدعى "يهوذا"، لم أسترح أبدا له، وعاملني بجفاءٍ واضح.

قال لي بأنه نائم، كان يصلي طوال الليل، بل إنه نهرني حين ألححت في طلب مقابلته.

أهكذا يعامل الفقراء من أمثالي ببابك أيها المعلم الصالح؟!

أيطردوننا هكذا كأننا ذباب؟!

طفقت عائداً، ودموعي تتحجر في عينيَّ. لا أمل في مقابلته. لقد كنت مستعداً لأسكب كل دموع عيني بين يديه حتى الدم، وأن أصير عبداً ذليلاً وتابعاً مطيعاً طوال عمري لو أنه فقط منح ابنتي الشفاء، ولكن ها هي رحلتي تنتهي دون فائدة، وأعود لابنتي الحبيبة منكسراً من جديد. انكسر أملي وأمل أهل بيتي

طوال الطريق خارجاً من أورشليم القاسية كنتُ أبكي بصوت عالٍ كالأطفال،
وأستجدي العابرين، ولكن أحدا لم يبال بي، ويرحم مرض صغيرتي الحبيبة أو
حتى يوافق أن يتوسط لي لأمثل بين يديه.

تركتني أورشليم لأعود لابنتي بلا شيء سوى الخيبة..

خرجت منها أسير مشتت العقل، مصدوماً، شارداً، والحزن يعتصر كل خلجةٍ
في نفسي.

وما هي إلا أيام حتى وصلني الخبر، ولم أكن قد وصلت لبلدتي بعد.
صلب أهل أورشليم الرجل الصالح بوشاية من تلميذه الخبيث.أطرقت في
حزنٍ، وتركت الدموع تتساقط تحت قدمي في صمت.

ها هي أورشليم مرة أخرى تجهز على كل أمل..

أما ابنتي، فمازالت مريضة، ومازالت تأمل في معجزة..

الهبة..

انتظر! لا تقل بأنك تحسدني..
وأنك تطمع في أن نتبادل الأماكن
صدقني الأمر ليس ممتعا بالمرة.

هدية الشيطان، تلك اللعنة التي ارتبطت بي، ومنحتني خلوداً ملعونا.
كنت هناك حين استل "بروتس" خنجره، وتركه في جسد القيصر الصريع، ثم
آل الخنجر ليهوذا الإسخريوطي، لكنه لم يستعمله. لقد نساه من فرحته بالدنانير
الثلاثين ثمن وشايته، وكنت هناك حين آل إلى بيبرس، وتركه في صدر قطز الذي
ما لبث أن صاح بحروف غريبة، ثم تحولت لحشرجات، كانت آخر عهده بالكلام
حتى "ماكبث". هل تحسبه شخصية خيالية صاغها "شكسبير" من وحي خياله؟!
لقد رأيت "ماكبث" بأم عيني، ومن خلفه ألف "ماكبث"، وإن اختلفت أسمائهم.
كنت هناك مع كل قطرة دم أسالتها النفوس الطامعة، وصبت في بئر الخيانة.
كلما تحسست ملابسي فلم أجده؛ انقبض صدري، فثمة جريمة تجري، وثم دم
يسيل..

لا يغرك مظهري البسيط، فقد عشت عمراً طويلاً جداً وطويتُ كل بقعة على
هذه الأرض. لقد طلبت يوماً الخلود، وارتضيتُ الثمن. لابد لكل شيءٍ في هذه الدنيا
من ثمن، أليس كذلك؟

شهدت بحكم وظيفتي تلك كل تلك البشاعة عبر كل هذا العمر الذي رجوت يوماً
ما أن يمتد للأبد، وإلى الآن أنا لازلت أحمل الخنجر في طيات ملابسي وأنتظر.

حارتنا

أهل حارتنا طيبون، متدينون بالفطرة، أو هكذا كان لسان حالنا، حتى لاح الاختبار الحقيقي لكل ما توهمناه عن أنفسنا متمثلا في العمارة الضخمة في الميدان.

انتصبت من العدم كوحش مبهرج ضخم بواجهة زجاجية عملاقة، وتحتها افتتح بار صغير تعلو بابه لافتة مضيئة بألوان راقصة.

في البداية دارت سيرة البار والعمارة الفارهة على استحياء بين أهل الحارة ما بين الاستنكار والفضول. في المقهى حيث يجتمع الجميع حمل "عابد النوري" مدرس الالزامي بالمدرسة الأميرية لواء المعارضة..

- مثل هذا المبنى لا يحمل لحارتنا سوى القلاقل والفتن، وهذا البار سيكون منبعا لآثام لم نعرفها من قبل ستهدد سلام حياتنا.

قال..

فضحك "عطا الشياح"..

- يا أستاذ "عابد"! أنت أول المتعلمين في حارتنا الجاهلة، فكيف تعادي التطور؟!

بينما صاح "نعيم" السمسار..

- مبنى كهذا سيحمل لحارتنا الخير، وأول الغيث أنه سيرفع قيمة كل متر في محيطه وذلك أول الغيث.

ثم بدأت الأخبار تتواتر حول البار الذي أصبح، خلال وقت قصير، قبلة القاصي والداني من أولاد الذوات من مختلف أنحاء المدينة الكبيرة، بدأنا نلاحظ تراص أنواع مختلفة من السيارات الفارهة التي لم نعرفها من قبل ولم نكن نعلم بوجود مثلها في مدينتنا الفقيرة. في البداية بدا وكأن في الأمر سراً لافتاً، غير أنه سرعان ما اتضح للعيان حين سربه "عمران العايق"..

- البار يبيع المخدرات بأسعار رخيصة وليس فقط الخمور.

وكان "عمران العايق" عربجي فظ من أهل حارتنا لجأ إليه أصحاب البار في قضاء حاجاتهم، قبل أن يلبسوه زيا نظيفا يتناقض مع خلقته الغليظة الملامح، ويستعينوا به لتنظيم وقوف السيارات في الجراج الخاص بالمبنى الضخم، كما استعانوا بسواه من أهل حارتنا في أماكن مختلفة خاصة بشئون العمارة بعد ذلك؛ ومن هنا انتشرت معلومات جديدة عن المبنى الغامض.

فالبار إلى جانب نشاطه المشبوه، يعد واجهة بسيطة لما يجري حقيقةً في الأدوار العليا من أنشطة أكثر رواجاً تتستر بالواجهة الزجاجية البراقة، حيث تغدق الأموال على طاولات القمار وتحت أقدام الجميلات في غرفها المغلقة، بل

وانتشرت أخبار شتى تناقلتها الألسن كالأساطير وأسماء وزراء ورجال أعمال وملايين وصفقات ضخمة من المستحيل التحقق من صحتها، ولكنها جعلت من المبنى قلعة حقيقية تسمو بقامتها فوق القوانين، كانت كفيلة أيضاً بمداعبة أحلام البعض..

على العموم، فقد نشأت في وقت قصير بين أهل حارتنا أنواع جديدة من المهن التي لم نكن نعرفها من قبل، وأغلبها مرتبط بالمبنى وما يدور فيه أو من حوله، وكلها ـ في الغالب ـ كانت مربحة لأصحابها، وكفلت لأحوالهم - التي نعرفها جيدا- انتعاشاً لا يخفى على متابع. وبدأت حارتنا ببطء تسفر عن وجه مرفه نوعاً لمعيشة أهلها، بان جلياً في ملبسهم وما يفوح منها من روائح وعطور؛ بدا لنا بأن نبوءة "نعيم" تتحقق بالفعل، لم تلق تحذيرات العقلاء بخطورة ما يجري بين جدران المبنى الجديد أي استجابة تذكر؛ فسكتت ويأس أصحابها، وكان يبدو لنا أن هذا سيدوم إلى الأبد.

ومرت الأيام على أهل حارتنا كحلم سعيد يعدهم ويعد أبنائهم بالمزيد من الثراء وطيب العيش، حتى جاء اليوم الذي استيقظنا فيه على خبر مقتل "عطا الشياح" واختفاء ابنه "سراج" الطالب بكلية العلوم. كان وقع الصدمة على الجميع عظيماً كالصاعقة. دارت قصص عدة سمعناها عن كونها جريمة معتادة، ضلعاها الإدمان والسرقة، غير أن جهوداً مجهولة سارعت لوأد التحقيق في بدايته وحفظ القضية في أدراج النيابة بعد قيدها ضد مجهول، وكان واضحاً للعيان أن هناك من لم يرد ـ وبأي ثمن - أن يأتي ذكر المبنى وما يدور حوله في التحقيق.

ما لم يكن لنا في حسبان أن مقتل "عطا" كان فاتحةً لنوع جديد من الجرائم لم تعهدها حارتنا من قبل على مدار كل ما مر بها من عصور.

..على المقهى الذي صار يضج بالغرباء، سمعت شيخ الزاوية الضرير يقول لا تشتعل قناديل القديسين إلا في قلب العتمة، أما الشموع الذابلة فتنطفئ مع - أول هبة للنسيم.

وكثيرا ما لفت نظري وهو يبتسم للأطفال الذاهبين إلى الكُتاب خائفين من تمايل السكارى في الطرقات.

أوراق ميتة

1

لا شيء يبدو كما كان..

أقف على قمة جبل الولع، والدنيا كلها خلف ظهري، كأنني في الجنة أو أحلى. لكل ثمرة أقطفها طعم مختلف ينافس سواها في الطعم واللذة، وأنا أتنقل بين الثمار في شغف محموم لا يشبع، تحفني روائح العطر الدافئ. جسدي يغمره العرق، فلا أبالي، والشبق يسلب روحي. آهاتها الخافتة تجلد تشوقي؛ لا أملك سوى أن أنغرس في تربة الجنة كجذع مجنون يتلوى، أستسلم لعنف الانتفاضات، وأعاني انفجارات من البلور تفور من خاصرتي جاذبة معها أجزاء من روحي، وفجأة تغيم الدنيا في عيني، تنام بداخلي البراكين، فأنهار إلى جانب عريها الفاتن.

من بين الغيمات أتأملها، صار شعرها الأسود الممزوج بالحمرة متناثراً على جبينها، وتغيرت ملامحها تحت سيول الكحل وألوان الشفاه التي كانت تشعل غاباتي بهما منذ دقائق، صدرها البض يعلو ويهبط في عنف، ولكن لا صوت لأنفاسها. لأول مرة لا أراها جميلة، وكما يغادر البريق لوحة تفاحة مقضومة، يخبو بهائها في عيني، فيعتريني العجب من نفسي للحظات..

"لا تستسلم للنوم. قد يأتي بأي لحظة."

ها هو أيضا صوتها يتغير في أذني، يغادره ذلك الرنين اللذيذ. ألتفت إليها دون أن أجد في نفسي الرغبة للرد أو حتى تعليق ساخر، وأقوم لأرتدي ملابسي في صمت. لعل كلينا لم يجد ما يقال. انطفأ كل ما تبقى من وهج، وربما للأبد..

2

علاقتي التي بدأت أولى جولاتها بـ "منى" زوجة "علي العدوي" انتهت بمجرد بدايتها. لم أجد لديها ما أصبو إليه. نعم، تخيلت أنني قد أجد فيها ذلك البرق. الصاعقة التي تضرب حياتي الراكدة.

للحظة ظننت أن امرأة جميلة شهية كـ"منى" يمكن أن تكسر ملل دورات التروس، ولم لا؟ لديها كل ما افتقدته زوجتي برغم سنهما المتقارب، ونفس عدد الأبناء، لكنها كانت تحتفظ بقدر كاف من الأنوثة والأناقة والدلع الكفيل بإسعاد

رجل، وهو ما افتقدته مع زوجتي بشدة، حتى صار البيت وعملي بالهيئة كوجهان لعملة واحدة. كلاهما يفتقد البريق والحماس. صارت العلاقة الزوجية "الموسمية" كتوقيع الأوراق، لا يشوبها شيءٌ من فنون اللذة التي تكسب للحياة طعمها البض الصابح، وبرغم هذا، ما زلت أحتفظ لـ"تحية" بأشياء كثيرة بداخلي بعد هذا العمر المترع بالأزمات التي عبرناها معاً؛ برغم أن أزمات مماثلة كانت كفيلة بهدم أي حياة.

قد يكون هذا جنوناً، هذه الأشياء ربما كانت سبباً رئيسياً في انهيار علاقتي بـ"منى" قبل أن تبدأ بداية حقيقية، ناهيك عن علاقة قديمة تربطني بزوجها "علي"، لكن - ولا أكذب على نفسي- بالأساس لم تكن "منى" ذلك النوع الذي يلائم مثلي. برغم كل شيء. رقصها الكفيل بتحريك الجبال، نعومتها، ومعرفتها بكل الفنون التي تسعد الرجل، لكنني لامست شيئاً ما. لم تكن مستمتعة معي بالكامل. كأن ثمة شيءٍ جمد بداخلها في لحظة ما، ربما كانت صورة زوجها "علي العدوي" قد طافت بمخيلتها، فجمدت بداخلها كل شيء. برغم أنك منذ النظرة الأولى ستعرف أن "منى" ليست من النوع الذي يمكن أن يصبر على طعام واحد كل هذه السنوات. لابد أنني لم أكن مغامرتها الأولى، والحقيقة لم يكن هذا أيضا يشغلني كثيراً، ففي النهاية انقطع الاتصال بيننا، وكأنه اتفاق غير معلن بانتهاء علاقتنا، وللأبد. عدت لرتابة حياتي، وبداخلي شبه يقين بأن شيئاً لن يتغير. ستظل العجلة تدور على حالها حتى ينتهي عمري دون أن أعيش حياة حقيقية.

يا الله! كم سئمت توقيع الأوراق!

زوجتي "نجوى" لمست التغيرات والضيق الذي صار يحكم كل شيءٍ أفعله أو أقوله، وحاولت لمرات أن تستفهم مني، ولكن كل محاولتها للكلام فشلت. كنت أصدها وأغلق كل باب للكلام..

-ماذا بي؟!ماذا بي؟! هل أبدو لك مجنوناً؟

في ليلة ما حاولت بطريقة أخرى، بعد نوم الأولاد تركتني في الشرفة، وتسللت إلى حجرة النوم، فارتدت قميصا مغريا ووضعت الألوان التي كانت قد نسيتها أو تناستها لسنوات، لكن مضت الليلة الجميلة دون أن تترك بداخلي أثراً حقيقياً. ليلة واحدة كانت كإلقاء حصاة في بحيرة راكدة كبير من السنوات الغابرة

يا الله! سأجن! لا يمكن أن أنتهي هكذا!

ليالٍ مرت، وأنا أتساءل، وأفكر في طرق جديدة لاستعادة هذا الحماس القديم، ذلك البريق في عينيَّ الذي لم تعد تنطق به المرايا، لكن الأيام تمضي على وتيرتها وايقاعها، لا شيء يتغير فعلا!

حاولت كل شيء، غيرت المقهى الذي كنت أرتاده، تعرفت بأصحاب جدد، وصرت أشاركهم كل شيء يفعلونه حتى تدخين الحشيش والسهرات المعبقة بالدخان والنكات، لكنني كنت أعود منها دوماً أكثر تململا وقنوطا على نفسي وحياتي، فقررت الاقلاع مرة أخرى عن كل هذا. عرفت أنني سأخسر صحتي رويداً رويداً دون فائدة تذكر.

"تحية" كانت تراقب عودتي متأخراً في كل ليلة والهالات السوداء تحيط عيني في صمت وصبر، كأنها تعرف أنها مجرد موجة ثورة وتغيير طارئة، سأعبرها طالت أم قصرت، وأعود بالنهاية لحياتي معها ومع الأولاد.

وحدث ما تنبأت به، سرعان ما تخلص جسدي من أثر المكيفات، وعدت لسيرتي الأولى، فلا أشرب، ولا أسهر. عدت أيضا لشلتي القديمة في المقهى القديم، وفي طريقي للبحث استعدت هويتي القديمة عدت لأرتب مكتبتي العامرة، وأزلت التراب عن رفوفها وكتبها، وساعدتني في ذلك "تحية" والأولاد بمنتهى الأريحية التي يمكن أن تصفها بالفرح أيضاً. كانو مستمتعين تماماً، وعيونهم تقع لأول مرة على كنوزي القديمة التي كانت قد اختبأت لسنين في صناديق الكارتون تحت فراشي. وأخيرا وقع في يدي كتاب، تحت غلافه وجدت توقيعه وكلمات التهنئة الرقيقة في عيد ميلادي. كان قد اعتاد طوال سنوات أن يهديني كتابا كهذا في كل عيد ميلاد لي. حمل الاسم والتوقيع إليَّ طوفاناً من ذكريات صحبتنا القديمة. لامست في حروف اسمه ذلك الحنين لسعادتي التي مضت. ظللت طوال تلك الليلة أفكر، وأستعيد تلك الذكريات التي جمعتنا سوياً..

يا الله! أين مضى ذلك العمر الأخضر تاركا في دمي هذه الأعواد اليابسات؟

4

في الصباح التالي استيقظت مبكراً، وفي عروقي همة غير مألوفة. اتجهت لمحطة القطار. ثلاث ساعات وأرجع إلى البلدة حيث تركته، ومعه سنين سعادتي وبريق عينيَّ. اتصلت من المحطة بالهيئة وطلبت إجازة قصيرة، وبرغم تبرم المدير، لكني كنت أعرف بأن رصيد إجازاتي كبير، ويسمح بإجازة أكبر، ولهذا لم يستطع الرفض.

كنت أتحرك بهمة صبي في مقتبل عمره. لحقت بالقطار في آخر لحظة. كان بداخلي إيمانٌ مبهمٌ بأن إجازة قصيرة كهذه بصحبته كفيلة بضخ الدم من جديد في عروق حياتي الجامدة. ثلاث ساعات امضيتها في القطار مع ذكريات عمرنا الشاب الرائع. اتجهت بعدها لمنزله مباشرة. فتح لي الباب طفل صغير، ما ان رآني حتى دخل مهرولاً لمناداته، وما ان رآني حتى طفرت الدموع من عينيه فرحا وهو يضم جسدي المنهك

- يخرب بيت أبوك، كم ليلة مضت، ووجهك الحزين يطارد أحلامي! واحشني يا ابن الكلب.

تزوج، وأنجب، وربى كرشا وترهلات لا بأس بها، ولكن لا شيء تغير فيه حقيقة. لازال على عهده القديم. يبدو أصغر مني برغم انه لا يفرق بينا ميلادينا سوى شهر واحد.

بعد الغداء أخذتنا أحاديث الذكريات، وأخبار البلدة، ومن عاش ومن مات، حتى جاء اسمها في معرض حديثنا، فبادرته بالسؤال عنها..

"عبير!"

تأمل وجهي للحظة في دهشة ثم أغرق في الضحك

" تالله لا زلت في ضلالك القديم!"

كانت "عبير" هي الحب الأول، حب سنوات المراهقة الأولى. ركن ركين في القلب، قد تنساه، لكنه موجود دوماً في انتظار أن تفتح بابه، فيغرقك بالعبق والحنين. حب لم يفقد من قيمته شيئا، ولا يخفت بريقه مهما مضت به السنوات، وعلاه تراب الذكريات. أتى في صمت، ومضى في صمت دون حتى أن أعبر عنه أو أبث سره في أذن صاحبته. هو فقط من كل العالم كان يعرف بهذا الحب المكتوم الذي لم تعرف به حتى هي.

ضايقتني رنة السخرية في صوته لكنني تجاهلتها، كان يعتريني الفضول للمزيد من أخبارها، وفي ذهني خاطر جنوني. تركته يستطرد..

نعم، تزوجت، ومات زوجها دون إنجاب أولاد. صارت أرملة وحيدة. مات كل أهلها تاركين اياها في بيت طويل عريض..

"هل من الممكن أن تساعدني لكي أراها ولو حتى من بعيد؟"

تفرس في وجهي مستنكرا..

"جننت أنت! أفق يا "كمال". أنت رجل متزوج وكبير، مغامرات الصبيان لم تعد تصلح لنا."

وكأنه قرأ خواطري المجنونة، لكنني حاولت طمأنته

" سأطلبها للزواج يا أخي. أنا حر! فلا تحرم ما أحل الله."

تحول استنكاره إلى غضب وحنق..

"تطلب من للزواج؟! عبير! والله أنت مجنون."

برغم ما اعتراني من حرج لكنني لم أستسلم له

"ولمَ لا؟! أنا رجل مقتدر، وأستطيع اعالة بيتين، ولو لم ترد ترك البلدة والسفر معي إلى القاهرة، لن تكون هناك مشكلة أيضا!"

مط شفتيه وهو تهدئة نفسه..

"يا "كمال"! أنت لا تعرف شيئا، انظر إلى نفسك، لقد كبرت، وتغيرت، وصرت موظفا وأبا. لم تعد كما كنت."

" ماذا تقصد؟"

" ألم يخطر لك أن تكون قد تغيرت هي أيضا؟"

مال علي وعيناه تلتهم وجهي..

" معك 100 جنيه في جيبك؟"

في البداية لم أفهم، لكنني سرعان ما استوعبت الموقف من كلامه بعد ذلك، عبير لم تعد عبير.. البلدة لم تعد البلدة.. حتى هو لم يعد هو، فكما تنازلت البلدة عن أرضها الزراعية لصالح بيوت السمنت والطوب الأحمر وأطباق الدش فوق أسطحها، تنازلت عبير عن شرفها لمرات لصالح الفائض من جيوب العائدين من بلاد البترول، ينثرونه تحت قدميها وفوق جسدها. هو أيضا تغير، صار يعيش من بيع الحشيش والحبوب لأبنائهم.

تشوهت اللوحة القديمة في عيني. عرفت أن كل شيء مات، ولا سبيل للبحث عن الحياة حتى في جذوري. ركبت القطار، وعدت للقاهرة، أمشي في شوارعها، وأنا أطالع وجوه الماضين فيها بنظرة جديدة.

لم يكن وجهي هو الوحيد الفاقد للحياة كما كان يهيأ لي حين أراه في المرآة. كل الوجوه كانت ميتة بطريقة ما.

الموت حل في الجذور هناك منذ البداية، ودون أن نشعر به.. أخيراً توصلت للحقيقة. كلنا أوراق ماتت لجذع ميت وجذور ماتت من زمن!

البكاء لعيون "كريستينا بلينكينا"

"مقتبسة عن واقعة حقيقية"

اهداء

لروح "كريستينا"..

"ايرينا بلينكينا"- بطرسبورج

كان صباحا باردا، وكانت سماء "سان بطرسبورج" معتمة بالغيوم و بلا شمس تقريبا، وكان الطريق من تلك الضاحية البعيدة على أطراف المدينة وحتى وسط المدينة مغطى تماما بالثلوج بطريقة تنبئ بعدم نجاح كل محاولات السكان وجرافات البلدية لتنحيتها ، ولكن ذلك لم يثن "ايرينا بلينكينا" عن تلك الزيارة التي كانت قد عزمت على القيام بها منذ عدة أيام،

مع أول دقات الأجراس، كانت "ايرينا" تحكم ياقة معطفها الطويل المموه ،والشبيه بمعاطف قوات حفظ السلام لولا تلك الياقة الناعمة من فرو الثعلب التي تعلو كتفيه، متجهة لحضور القداس الصباحي في كنيسة "سان لوبان" العتيقة (بالطبع لم يفتها بعد طقوس التناول أن تطلب من الأب "يوهان" راعي الكنيسة الصلاة لابنتها الوحيدة "ماريا بلينكينا"، ومن ناحيته ذكرها هو بضرورة تجديد الدعوة لـ "ماريا" لزيارة كنيستها الأم للتناول والاعتراف، وعند إذ بدا عليها التردد للحظة قبل أن تومئ في اضطراب..

بالتأكيد يا أبي..انها مشغولة هذه الأيام مع ابنتها الصغيرة، و..ولكنها ولابد ستلبي دعوتك في أقرب فرصة..)

وفي طريق العودة إلى المنزل كانت شاردة، لذا ربما لم تنتبه لبعض التحيات الصباحية التي ألقاها عليها بعد جيرانها الذين قابلتهم في طريقها وهم يحاولون جرف الثلوج من أمام أبواب منازلهم وفتح الطريق أمام سياراتهم التي تقف مغطاة بندف الثلج وهي تنفث من مؤخراتها العوادم البيضاء الدافئة، كان بالها مشغولاً بجدوى خروجها في خضم ذلك الجو البارد لحضور القداس الذي ختمته بتلك الكذبة خلال الطقوس المقدسة للتناول.

ارتعشت خلجات جسد "ايرينا بلينكينا" القصير، وقد أثقله ما اعتبرته كذبة مخجلة بخصوص إبنتها "ماريا" إلى جانب عبء سنواتها السبع والأربعين القاسية، وهي تفتح باب منزلها، وارتعشت مرة أخرى بعد أن سرت موجة باردة في جسدها حين وقعت عينها على صورة لـ "ماريا" وهي في عمر تسع سنوات، كانت تبتسم ملء شفتيها وهي تحتضن دب الباندا المصنوع من الفراء والذي يبلغ نفس طولها تقريبا، بعد تسع سنوات أخرى احتوى حضن "ماريا" دبا آخر ،رفضت "ماريا" –

فيما بعدـ أن تذكر هويته، أودى ببكارتها،(عرفت الأم بعدها بعام تقريبا ومن خلال الصدفة أنها كانت ليلة صاخبة ضمت قطيعا كاملا من الدببة و الفتيات، انتهت بالجميع عرايا، ومصابين بنوبات صداع قاتلة) وكانت نتيجة ذلك أن خرجت حفيدة "ايرينا بلينكينا" إلى الحياة..

"كريستينا" الجميلة ستبلغ اليوم من العمر ثلاث سنوات..

"ماريا" لا تقدر كم حباها الله بالمحبة حين وهبها ذلك الملاك بر غم خطاياها

هكذا همست "ايرينا بلينكينا" وهي تشعر بالحنق على ابنتها وهي تستعرض في ذهنها تلك العلامات الزرقاء التي وجدتها على جسد الطفلة خلال آخر زيارة لها لمنزل ابنتها في قلب المدينة، وعلمت أنها بفعل نوبة غضب جنونية أعقبت نوبة سكر..صحيح أن "ماريا" انهارت أمام لوم وغضب أمها واعتذرت وهي تبكي وتحتضن "كريستينا"، ولكن كلمة قالتها "ماريا" في لحظة فضفضة جعلت قلب "ايرينا بلينكينا" ينقبض ويشعر لأول مرة بالكراهية تجاهها..

أنا في الواحدة والعشرين يا ماماـ.لا أنكر أنني أحب ابنتي "كريستينا"..احب طفولتها، وبراءتها، ودعاباتها، وشعرها الأشقر الناعم القصير الذي يذكرني بالدمى، ولكن..

ولكن؟!

في أحيان كثيرة أشعر أنني صغيرة أيضا..صغيرة على تلك الحياة، صغيرة على لعب دور الأم.

ثم صبت لنفسها كأسا من الفودكا أخذت تديره بين راحتيها دون أن تقربه من شفتيها، قبل أن تستطرد في شرود ..

كأنني طائر يريد الانطلاق نحو السماء والهواء الطلق، غير أن قدمه مقيدة بخيط يربطه بالأرض.

قالت كلمتها الأخيرة وطرف عينها يتجه لجسد "كريستينا" المستغرقة في النوم على مقربة منها، قبل أن تلوذ بالصمت أمام ثورة "ايرينا بلينكينا" التي انفجرت في وجهها..

يجب أن تخجلي من نفسك، وتشكري الرب على تلك النعمة التي أعطاها لك ليجعل لحياتك البائسة معنى وهدف..

وكانت هذه بداية لشجار طويل انتهى بانصراف "ايرينا بلينكينا" من منزل ابنتها حانقة، منعها من استرجاع تفاصيلها صوت نفير سيارة "نيكولاي بيتروفيتش" التي توقفت خارج بيتها (كان قد وعدها بالامس بتوصيلة مجانية لمنزل ابنتها في وسط "سان بطرسبورج")؛ فامتدت يدها إلى لفافة ضخمة من الورق الملون المخصص للهدايا ، ووقفت لتلقي نظرة على المنزل للتتأكد بأن كل

شيء على ما يرام ، قبل أن تغلق الباب باحكام، في الوقت الذي هرع إليها "نيكولاي" ليحمل عنها بابتسامة واسعة هديتها الضخمة..

هذه هدية لحفيدتك؟

اليوم عيد ميلادها الثالث

في السيارة وعلى امتداد الطريق كانت تتظاهر بالإنصات لثرثرة "نيكولاي" وأسئلته التي لا تنتهي وتجيب بكلمات مقتضبة، وتواظب على الإيماء برأسها بين الحين والآخر بينما ذهنها كان شارد تماما وهي تراقب الثلوج التي غطت كل شيء، محاولة صرف ذلك الشعور المقبض الذي كان يعتريها..

(لا يجب أن يبدأ المرء يومه بالكذب بين جدران الكنيسة)

"ماريا" لا تحب الأب "يوهان"، والأمر من ذلك ما اقترفته بالسخرية من دعوتها لها لاصطحاب ابنتها للتعميد من سخرية عاصفة لاذت أمامها "ايرينا بلينكينا" بصمت المصدوم..

الحقيقة أن خواطر وشرود "ايرينا بلينكينا" لم يتيحا لها أن تشعر بالخمس وأربعين دقيقة التي استغرقتها السيارة حتى وصلت إلى شارع "فاسيلي أوستروف" ثم إلى منزل ابنتها في منتصفه، أفاقت فجأة على يد "نيكولاي" الممتدة باللفافة التي تحتضن بداخلها هدية "كريستينا"، ثم ابتسامته الواسعة..

بلغي تحياتي لملاكك الصغير..

تناولتها منه بوجوم وترجلت من السيارة، كان ذهنها مضطربا حتى انها لم تنتبه حين قال بأنه سينتظر حتى تدخل لمنزل ابنتها ليطمئن عليها..

شيء واحد انتزعها من وجومها وهو صوت تحطم قطعة بلاستيكية ما تحت قدمها حين خطت لتهم بطرق الباب، شيء في صوت التحطم الخافت جعل قلبها يزداد انقباضا، قبل ان تلتفت حولها لتجد تلك القطع الملونة لألعاب صغيرة محطمة تناثرت على الثلج ..صارت بلا شعور تطرق الباب بعنف وهي تصيح هاتفة باسم "ماريا"..كان جسمها يرتعش من الاضطراب، ويزداد اضطرابها كلما شعرت بالصمت يجيبها من الداخل,,صار هتافها مع مرور الدقائق بكاء وصراخا هيستيريا، جعل "نيكولاي" يلقي سيجارة قد أشعلها وينطلق من سيارته بلا تفكير ويدفعها من أمام الباب وينهال عليه بكل ثقل جسده المفتول..مرة ..وأخرى..حتى انفتح الباب على مشهد لن ينساه..

لن ينساه إلى الأبد..

مختار السياف ـ الرياض..

كانت الحروف في صفحات المصحف تتموج أمام عينيه الدامعتين. إلى أين يمكن أن يهرب المرء من كل ألمه في هذا العالم؟.. لا مهرب إلا لخالق العالم.. أغلق المصحف و هو يهمس بصوت مخنوق..

"اللهم لا ملجأ منك إلا إليك، و لا ملاذ منك إلا بك"

هناك نقطة يصل إليها المرء منا تقع على تلك الحافة.. تلك الشعرة بين العقل و الجنون، حين يقف أمام الأسئلة عاجزا عن الإجابة، ويفوق الألم في ضلوعه كل احتمال..

"اللهم اني أعوذ بك من الهم و الحزن"..

هذه المرة كانت الصفعة و الطعنة من خارج قصته.. خارج غربته و حنينه و حلمه المكسور و حقوقه المهضومة..

"نحن لا نهرب من آلامنا حين نسافر، فنحن دائما نصطحب أرواحنا بكل ما فيها من ذكريات و أحلام مكسورة"

الفيديو القصير الذي قوض عالمه و جعل الدنيا تنهار من حوله.. ماذا تعني كلمات مثل الألم أو المأساة أمام هذا الشيء؟.. بل ماذا تعني الكلمات؟.. ماذا تعني اللغة؟.. ماذا يعني العالم بكل أناسه وبشره؟.. ماذا يعني العلم؟.. من قال أننا تطورنا عن إنسان الغابة؟.. نحن في قلب الغابة.. في قلب أحراشها.. في كل خطوة تلعننا الأشجار و الكائنات، وتبكي علينا النجوم و الملائكة من بؤس المصير..

الفيديو الاخباري القصير كان يستعرض الأم " ماريا بلينكينا" ذات الواحد و العشرين ربيعا متعمدة تغلق محابس المياه وتخفي كل طعام وتخرج مغلقة الباب خلفها طفلتها "كريستينا" التي لا تبلغ من عمرها على الأرض إلا ثلاث سنوات لم تكتمل بعد، تاركة إياها لجحيم الوحدة و الجوع و العطش..

"يا الله! رحمتك بقلبي"

أسبوع كامل و الملاك الصغير الجائع يدور باكيا في المكان الموحش الذي كان بيتها ويخرج كل شيء من مكمنه بحثا عن شيء يأكله أو شربة ماء دون جدوى، و الصراخ و البكاء و الوحدة رفقاء ألمها المميت وجوعها ونار عطشها التي لا تهدأ.. ملامح صورتها الجميلة التصقت بروحه و ذاكرته مع ألم لا يحتمل..

***

الله أكبر

انطلق الأذان، من بعده انتزع جسده المنهك كأنما يقوم من تحت جبل من البازلت، ليتوضأ بماء يختلط بالدموع، و اتجه بخطوات متثاقلة للمسجد القريب من

سكنه، وبينما كان الامام يقرأ الفاتحة، كانت "كريستينا" تقودها غريزة البقاء بشعرها الأشقر وجسدها الصغير تصرخ بحلق جاف كالحطب في النافذة التي وقفت بها في صعوبة وهي تلقي بالعابها واحدة تلو الأخرى لتلفت نظر أي شخص من المارة، انهمرت الدموع من عينيه على الأرض بعد أن أخرجه الصوت من ألمه معيدا إياه إلى عالمه..

الله أكبر..

يا رب رحمتك..

يا رب رحمتك..

في السجود رآها وهي تستسلم للنوم بعد أن انهكها الجوع والعطش والبكاء على الأرض مثل أي طفل ينام حيث يغلبه النوم..مرة في الصالة..مرة بجوار فراش أمها..ثم ذلك المنظر الأخير وهي تلفظ أنفاسها الأخيرة وهي تهمس بشفتين متشققتين.."ماما..أنا جائعة"..

لماذا لم يدك الأرض زلزال لحظتها؟!

لماذا لم يضرب نيزك ضال كوكبنا البائس؟!

سبحانك ربي الأعلى..سبحانك ربي الأعلى..سبحانك ربي الأعلى..

وهنا انهارت أعصابه تماما وعلا نشيجه وجسده يستسلم اهتزازات عنيفة كأنها خروج الروح من الجسد..

كان كل شيء فيه يبكي "كريستينا"..

يبكي عذابها..

يبكي العالم الذي عجز بكل أناسه وعلمه وجبروته وجيوشه ودوله عن أن ينقذها من ميتتها القاسية..

"كريستينا"ـ مكان ما ليس على الأرض..

إلى ماما.

أنا آسفة لم أجد فرصة للكتابة إليك في الأيام الماضية منذ جئت إلى هنا..ولكن اليوم أنا سعيدة جدا، أحسست أنه لابد أن أحكي لك عن سعادتي..اليوم كان أول يوم نرى "عبد الله" يحبو..كنا سعداء وصرنا نجري ونضحك حوله طول اليوم..من "عبد الله"؟..."عبد الله" صديقي..جاء إلى هنا بعدي بيومين..كان رضيعا حين تركته أمه بجوار صندوق قمامة في شارع جانبي، حكت لنا الأضواء أنه ظل يصرخ كثيرا ثم استغرق بعد ذلك في نوم عميق، حتى أتت سيارة جمع القمامة، ورفعت الصندوق لتفرغه، ثم أعادته على بعد مسافة قليلة من مكانه الأول ليستقر فوق جسد "عبد الله"

الطري الذي كان ملفوفا في كيس أسود يشبه تلك التي كنت تجمعي فيها الزجاجات وعبوات الطعام وتلقينها في الخارج.."عبد الله" لم يكن له اسم حين جاء إلى هنا، ولكن الأضواء أخبرتنا وأخبرته بأن نناديه بهذا الاسم..

من هي الأضواء؟

الحقيقة لا أعرف!

انها كائنات جميلة جلدها مضيء وشكلها جميل جدا موجودة حولنا هنا وتضحك وتلعب معنا هنا باستمرار، ويحكون لنا الحكايات..يوجد أيضا حوريات جميلات جدا..انهم حتى ألطف من اللاتي في حكايات جدتي..ولدي هنا أصدقاء كثيرون.."عبد الله"!..حسنا..أنت تعرفين "عبد الله" الآن، ولكن هناك أيضا "صوفي" و"شيماء"و"سارسواتي"..."صوفي" حكت لي أنها كانت تسبح في البحر، ثم شعرت بألم في ساقها، قبل أن تغوص إلى القاع،ثم افاقت لتجد نفسها هنا، أما "شيماء"، فهي تكبرنا قليلا، وكانت تجلس في فصلها الدراسي، حين أحست بصدرها يحترق قبل أن يختفي الفصل والمدرسة وأصحابها والعالم من حولها، الأضواء حكت لنا انها جائت إلى هنا بعد أن اصابتها رصاصة أطلقت على سيارة رجل كبير، من هؤلاء الذين يظهرون في نشرات الأخبار التي كانت تداوم جدتي على مشاهدتها، كانت تمر أمام مدرستها، أما "سارسواتي" فعيناها جميلتان جدا..وهي دائما تتهرب من ذكر أي شيء عن كيفية مجيئها..ولكن عرفت أن شخصا شريرا آلمها قبل أن يفعل بها مثلما فعل "فاسيلي" الشرير بالقطة الصغيرة في حكاية جدتي..نعم..لقد خنقها.. والآن سأذهب لألعب معهم..انهم ينادونني..إلى اللقاء يا ماما..

عدت مرة أخرى لألتقط أنفاسي، وقبل أن أنطلق لألعب مرة أخرى أردت أن أقول لك أنني بخير، وان أقول لك أنه لم يكن يمكن أن أكون أكثر سعادة..لم أعد جائعة ابدا..أشكرك أنك أرسلتني إلى هنا، وأظن أنك ستأتين قريبا، ويقولون أن مكانا آخر في انتظارك، وأنك حينها فقط سوف تقرئين رسالتي..

إلى لقاء لا أعرف متى هو..بلغي محبتي لجدتي

صغيرتك المحبوبة

كريستينا

قدري الشواف

البدايات لا تنبئ أبدا بالنهايات، و لا دليل في شروق الشمس من الشرق في صباح اليوم على حتمية غروبها غربا

في نهاية اليوم، وليس بالضرورة أن ينتهي اجتماع السحب في السماء بنزول المطر،

..وحياتي أكبر دليل على كل هذا

من كان يتصور بأن أتنقل في حياتي من مكان إلى مكان بعيدا عن الحارة ـ حيث نشأتي الأولى ـ حتى ينتهي بي المطاف أن أتناول فنجان قهوتي في تلك الشرفة الجميلة المطلة على تلك المساحة الخضراء الواسعة، التي لم أكن أتخيل يوما أن أقضي أيام شيخوختي قبالتها..

لعلها نادرة صارت تلك اللحظات التي تحضرني فيها ذكريات زمن الطفولة البعيد. تفنى الذاكرة فيما يبدو مع تقدم السن، أو ربما ضجيج الحياة صار لا يفسح مجالاً للحظات الصفاء التي يستلزمها اجترار الذكريات.

أيا كان الأمر، فدون

..مقدمات يلح على ذهني منذ الصباح اسم استدعى معه كل روائح الزمن القديم "قدري الشواف"..

ربما استدعى الاسم إلى ذهني مقابلتي بالصدفة لأحد أبناء أخيه منذ ايام في مصلحة الجوازات بينما أعد العدة

للسفر للعمرة.

لقاء سريع، عرفت منه خلاله بأنه يعد نفسه للسفر لبلد أوربي لزيارة أحد أبنائه، كان الرجل يقاربني في السن تقريبا، ولكن كان لم يزل

في ملامحه شيئا من وجهه الشاب، جعلني أتعرفه فور لقائي به. لعله تذكرني بصعوبة، أوكان تعجله الخلاص مما أتى لأجله، جعل لقاءنا ينتهي سريعا، لكنه على العموم كان لقاء أسعدني بحق، ولعل جل ما كان سبب سعادتي هو انتعاش مفاجئ اعترى ذاكرتي على أثر ها استدعت معه أشياء كثيرة من الزمن القديم، كنت قد ظننتها ذهبت عني إلى الأبد.

أسماء وشخوص وأحداث عادت لتشعرني بمدى غنى الطريق الذي أشرفت على بلوغ نهايته، وكان "قدري الشواف" من أبرز تلك الوجوه.

لعل ابن أخيه هذا قد نساه أو تناساه، أو ربما كان يجهله بر غم صلة الدم، وقد يكون كل ما يعرفه عنه لا يتعدى ما أعرف بالفعل، وكل خبر بعد ذلك يعد دربا من التوقعات والأساطير..

تستدعي الذاكرة بصعوبة ملامح الأستاذ "قدري الشواف"، فلا أتذكر سوى أنه ليس في ملامحه شيء مشوه أو مستفز يعلق بالذاكرة، ولكن لا تخطئ تذكر طلعته الأنيقة قياسا إلى زمنه، واهتمامه بمظهره، كونه منتميا لطبقة المتعلمين القلائل في حارتنا وما يجاورها من أحياء..

كان الابن الثالث في أسرة فقيرة الحال، يعولها أب بائع طرشي أورث صنعته لأغلب أبناءه، غير أن تفوق "قدري" في دراسته كفل له من المعونات الحكومية والمنح ما جعله يسلك طريقا آخر، ولكنه اكتفى بالحصول على الابتدائية، وهو ما أهله ليعمل مدرسا في إحدى المدارس الأهلية القريبة من محل سكنه، وخلال سنوات ابتاع بيتا صغيرا بالحارة قريب لمحل إقامة

عائلته، وافتتح سلسلة زواجات الأسرة حين اقترن بـ "منيرة" بنت "عطوة الفحام" وهي خطوة جعلت أسهم أسرته ترتفع في المنطقة ورقتها قليلا في السلم الاجتماعي..

لعل حياة الأستاذ "قدري" كانت لتمر بشكل عادي، أو هكذا كانت لتبدو في سنواتها العشرة التالية، منذ استقراره مع عروسه في بيته الصغير، ثم انجابه لثلاثة أبناء نابهين، وعلاقة المودة التي كانت تربطه وعائلته بعائلات أخوته، وأيامه العادية الموزعة بين عمله وبيته وجلساته شبه الإسبوعية على مقهى "الوردة الفينيقية" في الميدان مع ثلة الأصدقاء الذين لم يكن ليتعدى عددهم أصابع اليد الواحدة، ولكن كل شيء تغير فيما بعد..

2

ربما بدأ الأمر في تلك

الليلة التي سمع فيه الناس في حارتنا صوت الصراخ والولولة يتصاعد من نوافذ بيت "شعلان" فتوة الحارة حاملا نبأ وفاته المفاجئ، ودون سابق انذار.

أعقب تلك الليلة ثلاث ليال صامتة كئيبة، غلقت فيها الدكاكين والبيوت، واعترى سكانها التوجس متغلبا على الحزن لوفاة فتوتهم، واحتل صوان عزاء الفقيد صدر الحارة مستقبلا المعزين من سكان الأحياء المجاورة وعصابات فتواتهم.

كان أعداء "شعلان" المتربصين أكثر من محبيه، وأغلب زيارات العزاء تلك كان لا تخلو في باطنها من غرض استطلاع ما تمضي إليه الأمور في حارتنا بعد سقوط فتوتها القوي، والاحاطة باسم خليفته المنتظر، ومدى استعداده لاحترام معاهدات الصداقة والسلام التي أبرمها سابقه أو تسخير الحارة ورجالها في استكمال معاركه مع أعداءه..

كانت تسري في العزاء همسات ببعض الأسماء التي سمحت لطموحها أن يتمدد في اتجه احتلال مكان "شعلان"، وبدأت الأصوات تعلو بها رويدا رويدا حتى ليلة العزاء الثالثة والأخيرة، حين انبرى "صابر العتماني" شيخ الزاوية بخطبة عصماء في حضور "غالي النطع" فتوة الحبانية عن فضل الصبر على المصائب، وما تركه "شعلان" من سيرة طيبة وأعمال خيرة كان أولها الدفاع عن حارتنا ضد أعدائها حتى أنه أبى أن يترك مهمته دون أن يسلمها إلى من يأتمنه على استقرار الحارة وأمنها، وهو ما جعله يزور الشيخ "صابر العتماني" في منامه ويؤمنه على اعلام أهل الحارة بأنه لا يأمن عليهم من بعده إلا بأن يضعهم وأهليهم وأموالهم تحت حماية فتوة الحبانية.

لم ينتهي الشيخ من خطبته، فقد غطى على صوته، وصمت صوان العزاء تكبير وتهليل رجال "غالي النطع" ومن ورائهم أغلب رجال الحارة ممن رأوا في رؤيا "العتماني" سبيلا للخلاص من قلقهم وترقبهم على مستقبل حارة تنقصها يد فتوة قوي يحميها من أطماع الفتوات والعصابات، بينما اكتفت الأقلية بصمت المندهش وهي تشاهد فتوة الحبانية وهو يخرج من الصوان محمولا على الأكتاف من صوان عزاء "شعلان" الذي تحول بلحظات لصوان فرح لمبايعة "النطع".

3

في اليوم التالي حملت نسمات العصر الهادئة نبأ مجاهرة الأستاذ "قدري" بالمعارضة والسخرية مما حدث في عزاء فتوتنا المتوفى، ورفضه مبايعة الفتوة الجديد الذي أتى بناء على رؤيا وصفها بأنها مشكوك فيها وتحتمل الكذب أكثر مما تنبئ بالصدق في فحواها..

"لم نعرف في سيرة"شعلان" ما يجعله وليا من الأولياء، ولا عالما من العلماء حتى نلتزم حتى لو من باب الحياء بوصيته المشكوك في صدقها أصلا"
بل لقد ذهب الأمر إلى
شخص الشيخ "العتماني"..
العتماني" ضرير، ولم ير "شعلان" في حياته حتى يتعرف عليه في""
"!منامه.. ومنذ متى كان لـ "العتماني" كرامات الصالحين؟

كان "قدري الشواف" رافضا، وبشكل قاطع، لان نولي أمرنا من لم نعرف بناء على رؤية في منام أحدنا..

بدأ الأمر بهمس انساب في جنبات الحارة يتهم الأستاذ بالخروج عن جماعة المسلمين، ثم سرعان ما تعالت الأصوات، وكان أغلب أصحابها

من العربجية وأصحاب المهن الذين تجمعهم لیالي الأنس في مقهى الحارة الوحيد، تسخرمنه وترميه صراحة بالجنون والكفر لطعنه - من وجهة نظرهم - في حقيقة البشائر الإلهية في رؤى الصالحين.

- كثيرا ما خاطب الله أنبيائه في منامهم وأمرهم، وأبو الأنبياء رأى أنه يذبح ابنه فامتثل للرؤيا، فكيف لا نطيع ونمتثل؟

- الأستاذ بيته مليء بكتب الأجانب الكفرة.

- بل لعله جاسوس مندس وذنب من أذناب الانجليز المحتلين!

- كيف نسمح أنيكون بيننا كافر كهذا؟!

بل ووصل الأمر ببعض السفهاء - في الأيام التالية - ان يسلط عليه أطفال الحارة ليزفوه بالأغاني والتهليل في ذهابه وايابه.. وبقي هو مصمما على رأيه دون أن يمالئ أو يوارب.

من ناحية الفتوة الجديد فلا أذكر أنه قد احتك به. أظن أنه كان يكن له نوعا ما من الاحترام، كان يسمع ما يدور في الحارة ويكتفي بالصمت الراضي، بعضهم كان يتقرب له بسب الأستاذ في حضرته ويصيح غاضبا أو مصطنعا الغضب..

- كيف يطعن في أحقيتك بزعامة الحارة وأنت خير الفتوات وأحقهم بها.

لكن الغضب الموالي للفتوة الجديد لم يقتصر على الكلمات وقتا طويلا. جائت تلك الليلة التي كان "زينهم الدرزي" - وكان من أشقياء الحارة - يجلس مع بعض صحبه الذين نجحوا فيما بينهم في جمع ثمن زجاجتي "براندي" اشتروهما من "البار"الجديد الذي افتتح حديثا تحت المبنى الزجاجي الضخم في الميدان مع نصف كيلو من الترمس وبعض الخيار واتجهوا لتجمعهم السهرة ببيت "زينهم" القريب من بيت الأستاذ، ويبدو أن الحديث المخمور اتجه نحو موقف الأستاذ من رؤيا "العتماني"..

- هذا الأستاذ مجنون.

- انها المدارس والكتب التي تفسد عقول هؤلاء وتجعل إيمانهم يتآكل حتى يكفروا بالخالق تماما وينكرون كرامات الأولياء والصالحين.

وارتفعت نبرة الحديث ومعها موجة غاضبة في العيون التي كساها "البراندي" بلون الدم، وصارت الكلمات تتشابك لتنسج نهاية دموية خطتها العقول المخمورة؛ فلم تنته الليلة إلا ومعها حياة الأستاذ وأسرته الذين كانوا يغطون في نوم عميق حين ارتفعت حولهم ألسنة الحريق التي فشل كل جهد في مكافحتها؛ فلم تترك شيئا أو أحدا في البيت إلا كتلة متفحمة دون معالم.

تغيرت معالم الحارة بعد ذلك بفترة وجيزة، فمنزل زينهم الهارب من أيدي الشرطة تحول لشونة غلال يمتلكها الشيخ "العتماني" ويديرها ابنه "صالح"، أما فتوتنا "النطع"، فقد حد انشاء نقطة الشرطة في الميدان من سلطته في حارتنا وما حولها؛ واضطر تحت انحسار وتضاؤل حصيلة الاتاوات إلى الاتجاه لتجارة الحشيش.

أنا أيضا تركت الحارة بمجرد تعييني بوظيفة مفتش للري في إحدى قرى الصعيد ولكنني لم أزل أزور حارتنا كلما استطعت للاطمئنان على الأهل والصحبة وإن كان على فترات متباعدة، وكلما مررت بالأطلال المحترقة يعتصرني الألم لمصيره البائس الحزين. شيء ما بداخلي كان يستغرب موقفه كلما تذكرته بعين القلب يجمعني به اللقاء في المنام، فأراه في مقام الشهداء، وأسأله، فيجيبني راضيا..

ـ لم أكن تقيا ومستقيما كما ينبغي، ولربما لولا كلمة حق صبرت عليها، ولم أحد، ما وصلت مقامي الذي ترى. .....

السؤال

ليلة باردة، ولكن القلوب ملؤها الدفء، تهيم بالقرب والتسبيح. كان القمر في السماء يقاتل بين أمواج من غيوم لا تنتهي، كذلك النور في صدري كان يقاتل.

كنا متحلقين حول النار، وقلوبنا متوجهة قبلة شيخنا، وكان صامتاً مطرقاً يتمتم بالتسبيح، وعيناه لا تفارق لسان اللهب المتراقص.

..انطلق أحدثنا سناً وأحدثنا لحاقاً بالطريق وسأل

يا سيدنا! شهور مرت والدروب تحملنا إلى الدروب. تركنا الوطن والديار - والأحباب، وما عرفنا أبداً إلى أين!

انفجر السؤال في الوجوه؛ فاهتز لسان اللهب مع رعشة عودة القلوب لمقام الحيرة بعد حال الطمأنينة واليقين...

حقاً، إلى أين؟

..بعضنا تبع في طاعةٍ سنيناً، تناسى فيها السؤال حتى نسيه

طافت عينا الشيخ في عيوننا في لوم وعتاب حنونين؛ فطفت بالخواطر على الفور الإجابات التي عرفنا منذ القدم وأنسانا الشيطان إياها للحظات..

"المعشوق وطن العاشق"

"خاب في العشق من سأل رفاق درب العشق: إلى أين؟"

"..الغاية معروفة والمعشوق مقصد كل مسلك ومنتهى كل طريق"

وقبض حفنةً من الرمال وذراها في وجه صاحب السؤال؛ فاختفى كأن لم يكن؛ فعرفناه، واستعذنا باسم الله الأعظم

..قال معاتبا

مازلتم تقتربون، ومازال يغريكم بالظلام المطمور في قصعة نور السؤال - المكذوب كما أغرى أباكم من قبل بالخلود والتفاحة.

فلذنا بصمت الخاطئ

الجرعة

ـ ماذا كان بك بالأمس؟

كان شاردا، بدلا من أن يضع الجاكت على الشماعة تركه في الفراغ ليسقط على الأرض.. انتزعه صوتها من شروده

ـ الأمس. ماذا حدث بالأمس؟

لم ينظر لعينيها، فقط استأنف خلع ملابسه بينما ظلت عيناها معلقة به بالأمس. بالأمس عدت الى البيت ولم تنطق بكلمة حتى خرجت اليوم مرة ـ أخرى. هل تعتقد أن هذا طبيعي!

كان قد انتهى من ارتداء جلبابه. جلس، وأشعل سيجارة نفث دخانها في خواء. كانت الحروف تخرج بصعوبة..

ـ لا شيء، ربما كانت جرعة الذل بالأمس أكثر قليلا. لا تقلقي، كل شيء على ما يرام.

الأسطورة

الجثة التي وجدت في المصرف لم تكن لمجهول..
من في القرية كلها لا يعرف "حامد الأعمى"؟
هو مضرب الأمثال في القوة والطيش والجبروت..
من لم يعرف كل تلك الحكايات التي نسجت عنه؟ فتاهت الحقيقة فيها فيما هو
من صنع الخيال..

عبد الحميد أبو عرب" صاحب المقهى المتطرف خارج القرية يقسم أنه قد رآه"
في ليلة ما يصرع مارداً من الجن في الخلاء بجوار الحوض الشرقي من أرض
شيخ البلد.

الخيال يشرد مرغما فيما يمكن أن ينهي حياة رجل كـ "حامد"، بكل ذلك
الجبروت والغموض. عاشت قريتنا في حماه وخوفه، شعورين متناقضين، ولكن
هذا ما كنت تراه في عيون الناس ها هنا في قريتنا، فهم يتحامون به من بطش
عصابات الجبل ولصوص القرى المجاورة، في نفس الوقت الذي يخشونه،
ويرهبون حتى التلفظ باسمه.

الرهبة شملت حتى ذلك المشهد الصامت الطويل الذي جمعهم حول الجثة
المسجاة بين أقدامهم ملطخة بأعشاب وطين المصرف.

قال صوت..
- إنه مطعون..!!

مرت هنيهة من الصمت..
- طعنات كثيرة في مختلف أنحاء الجسم.
- من من أهل قريتنا يجرؤ على فعل هذا بحاميها الجبار؟..
- لا أحد من أهل القرية؟
- إذن القاتل من خارج قريتنا..
- لعلها عصابة من القرى المجاورة..

قال "القصابجي " شيخ الزاوية وهو يتركهم ماضيا في تأفف.
- لله يد في التخلص من أعدائه، فدعكم ممن قتله، وادفنوه أو أرجعوه إلى
المصرف يمضي به حيث يشاء. لعنة الله عليه وعليكم أجمعين.

قال شيخ الخفر..
- لا بد للحكومة أن تعرف من قتله..

قال شيخ البلد..
- شيخ الخفر على حق، وستكون لدينا خطة محكمة للقبض على القاتل..

77

.. أما العمدة، فكان نائما في دواره،، واكتفى بتفويض شيخ البلد وشيخ الخفر

أمضت قريتنا ليلتها دون نوم ما بين طواف رجال المركز ببيوتها الصغيرة واستجواب من فيها، وما حمله مقتل "حامد" نفسه إلى القلوب من خوف.

كان حامد مجرماً وقاطع طريق، لكنه حمى الكثيرين من جور الخفر وشيخهم، ومطامع العمدة وشيخ البلد.

كانت تلك أول مرة تأتي فيها الحكومة إلى قريتنا للتحقيق في جريمة من سنين.

حتى السرقات، كان حامد يضرب الارض ليرد المسروقات ممن سرقها أيا كان الى دار المسروق..

مضى حامد، و مضى معه الأمان والقدرة في أذهاننا على خلق الأساطير.

لم يعد لقريتنا بعده أسطورة..

حابي

أيام عجاف..

زحف اللون الأصفر الرملي على كل أرض خارج قريتنا. منذ عامين لم يمن "حابي" بفيض يروي غليل الأرض العطشى. لا شيء تبقى من خضرة الربيع، فقط الخماسين برمالها وغبارها وحرارتها الخانقة.

تحت النخلة العجوز يشرد بي الخاطر في الربيع القديم. زهور التين الشوكي على جانبي السكة الترابية خارج القرية، وصوت أنفاس "ساراي" وهي تركض في أرض النخلات حيث ملاعب الطفولة.

عيناها الواسعتين الجميلتين كعيون بقرتنا بجفنها الكثيف الطويل، وضحكتها الراقصة في الهواء علمتني أشياء كثيرة عن الأنوثة قبل أن أعرف عن الرجولة شيئا يذكر.

ما إن اخشن صوتي، وتلمست الطريق إلى رجولتي، ومع أول بادرة لقوانين الجذب حلت بين قلوبنا الخضراء طيف الفرقة والرحيل.

"حابي" لم يترك للكثيرين من أهل قريتنا خيارا سوى الرحيل هربا من الجوع وموت الأرض، ومن هؤلاء الكُثر كانت أسرة "ساراي" .

هل تتذكر لحظة الوداع؟

لا شيء فيها يذكر. كان فراقاً فقيراً بلا كلمات ولا دموع. لا شيء. لم يبق في حنايا الذاكرة منه سوى مشهد الأسرة الصغيرة وهي تختفي في اللوحة الصفراء الواسعة رويداً رويداً حتى يتحول الجميع لنقطة سوداء بين بحور الرمال.

يغيض "حابي"؛ فيسرق من قريتنا الحياة ويسرق من قلوب أهلها أجمل ما فيها.

السور

كثيرا ما في السور الصغير الذي بني حول الارض الكبيرة على رأس حارتنا..الآن هي موضع للقمامة و القاذورات..كان صاحب الأرض رجلا تدور حوله الاساطير..شرع في البناء و كانت تدور الحكايات حول مبنى كبير و معجز..لكن البناء لم يكتمل أبدا..
مات الرجل وبقي السور الصغير..

مما أذكر أنه كثيرا ما دارت النقاشات التي حول كنه المبنى المزعوم..البعض يصر بأن السور كان نواة لمسجد ضخم لم يكتب له أن يعم حارتنا ببركته ملحق به كتاب ومصلى للنساء ومستوصف خيري ..و البعض زعم بأنه فندق لم يكتب لنا الاستفادة بما كان سيعم الحارة من رزقه ..و البعض تحدث عن ماخور و سوق للمتع ... ..وصلت المناقشات في بعض الاحيان الى معارك دامية

و أخيرا دار الزمان في حارتنا دورته المعتادة، فاختفت أسماء تحت التراب و غابت أخرى في ثنايا المدن والحارات الأخرى. لم يبق من كل هذا شيء سوى السور الصغير الملغز و ما يستولد في الذهن من الذكريات و الأسئلة..

Did you love قيودٌ وأجنحةٌ? Then you should read مِنْ أَجْلِكَ أَنْتَ[1] by رباب القاسم!

[2]

في عالم الكلمات والأحاسيس، تتجسد العواطف وتتراقص الأحلام، وفي هذا العالم الساحر، تتألق شاعرة تفوق الوصف، تنثر الأبجديات كأنها قطرات ندى تتلألأ على أعواد الكلمات، تلك الشاعرة هي رباب القاسم.

بين صفحات هذا الديوان الشعري الجديد والمذهل بعنوان "من أجلك أنت"، ستجد نفسك تغوص في عالمٍ خيالي مليء بالرومانسية والجمال، حيث تتلاقى الأحاسيس بأنغام القصائد وتتصاعد بين السطور.

تأخذنا رباب القاسم في رحلةٍ ساحرة إلى عالم العشق والحنين، حيث تصوغ كلماتها ببراعة فائقة وتسرد قصصًا تتناغم مع أوتار قلوبنا. تنبض كل قصيدة بالعاطفة والشغف، تأسرنا بخيوط الحب المتشابكة وتحكي لنا عن الحنين العميق والأماني المفقودة.

---

1. https://books2read.com/u/brBVe7

2. https://books2read.com/u/brBVe7

رباب القاسم تترجم مشاعرها بأسلوبٍ فريد، تنسج الكلمات كأنها ألوان متداخلة في لوحة فنية، تخطف الأنفاس وتأسر القلوب. تنمِّق قصائدها بصورٍ بديعة وتعبيراتٍ مؤثرة، فتأخذنا في رحلةٍ شاعرية لا تنسى.

"من أجلك أنت" هو الديوان الذي يأخذنا بيد الشاعرة إلى عالمها الخاص، لنعيش معها لحظات الألم والفرح، لنلمس بريق الحب وتأثيره العميق على حياتنا. فهنا، ستجد قصائد تعبق بالعشق والأمل، وستعيش تفاصيل الحب والفراق بكل ما فيهما من مشاعر متضاربة.

إن ديوان "من أجلك أنت" يضيء سماء الشعر ببريقه الخاص، ويداعب أوتار القلوب بلحنه العذب. فاستعد للانغماس في هذا العالم الساحر، حيث ستجد كلمات تلامس أعماقك وتحاكي مشاعرك، وتأخذك في رحلةٍ ساحرة من خلال همسات الشعر الرائعة.

دعونا نفتح صفحات هذا الديوان الشعري الرائع، ونغوص في بحر مشاعر رباب القاسم، حيث ينتظرنا عالمٌ خيالي مليء بالجمال والروعة. فلنترك أنفسنا تنساب مع أبجدياتها، ولنستمتع بسحر كلماتها وعبق أفكارها، ولنسمح لها أن تأخذنا في رحلةٍ شاعرية فريدة من نوعها.

"من أجلك أنت" هو ديوان شعري يستحق أن يكون في مكتبة كل عاشق للشعر، فهو يحمل في طياته قصائد تعبق بالرومانسية والعذوبة، وينثر الشغف والحنين بكلماته الساحرة. إنه عمل يعكس موهبة رباب القاسم وإبداعها الفذ في فن التعبير الشعري.

فإذا كنت تبحث عن رحلةٍ شاعرية تأسر القلب وتحرك الروح، فإن "من أجلك أنت" هو الديوان الذي يستحق أن يكون بين يديك. افتح صفحاته واسمع نبضات الشعر تتردد في أذنك، ودع كلمات رباب القاسم تأخذك في عالمها الخاص، حيث العشق والأحلام والأماني تلتقي في تناغمٍ ساحر.

فلنستعد للانغماس في هذا الديوان الشعري الرائع، ولنسمع نداء الكلمات ونشعر بلمسات الشاعرة تلامس أعماقنا، فهي تمتلك قدرة فريدة على إحساس المشاعر وإيقاعها في كلمات مؤثرة.

"من أجلك أنت" هو دعوة لاستكشاف عوالم الحب والشوق والحنين، وإلى الغوص في مشاعرنا الأكثر رقة وعمقًا. فلنترك أنفسنا تنغمس في كلمات رباب القاسم ونتذوق جمالياتها، ولنترك الشعر يأخذنا في رحلةٍ ساحرة من خلال صفحات هذا الديوان الرائع.

ي "من أجلك أنت"، ستجد الشاعرة تتحدث إليك بلغة القلب وتصافح أحاسيسك كلماتها، وستجد أنك لست وحدك في تلك المشاعر الجميلة والملتهبة. فاستعد

للانغماس في هذا العالم الشعري الذي ينبض بالحياة والعاطفة، وليكن "من أجلك أنت" رفيقًا لك في رحلة الشعر والرومانسية.

Milton Keynes UK
Ingram Content Group UK Ltd.
UKHW020816280823
427620UK00015B/830

9 798223 973294